AF093969

www.ingramcontent.com/pod-product-compliance
Lightning Source LLC
LaVergne TN
LVHW010601070526
838199LV00063BA/5038
* 9 7 8 9 3 5 8 7 2 1 1 8 8 *

گل شہزادی

(بچوں کا ناول)

مصنف:

اعجاز بن ضیا او گانوی

© Taemeer Publications LLC
Gul Shahzadi *(Kids Novel)*
by: Ejaz bin Ziya Auganvi
Edition: September '2023
Publisher & Printer:
Taemeer Publications LLC (Michigan, USA / Hyderabad, India)

ISBN 978-93-5872-118-8

مصنف یاناشر کی پیشگی اجازت کے بغیر اس کتاب کا کوئی بھی حصہ کسی بھی شکل میں بشمول ویب سائٹ پر اَپ لوڈنگ کے لیے استعمال نہ کیا جائے۔ نیز اس کتاب پر کسی بھی قسم کے تنازع کو نمٹانے کا اختیار صرف حیدرآباد (تلنگانہ) کی عدلیہ کو ہو گا۔

© تعمیر پبلی کیشنز

کتاب	:	**گل شہزادی**
مصنف	:	**اعجاز بن ضیا اوگانوی**
صنف	:	ادب اطفال
ناشر	:	تعمیر پبلی کیشنز (حیدرآباد، انڈیا)
زیر اہتمام	:	تعمیر ویب ڈیولپمنٹ، حیدرآباد
سالِ اشاعت	:	۲۰۲۳ء
تعداد	:	(پرنٹ آن ڈیمانڈ)
طابع	:	تعمیر پبلی کیشنز، حیدرآباد – ۲۴
صفحات	:	۸۶
سرورق ڈیزائن	:	تعمیر ویب ڈیزائن

ناول کیا ہے؟

پیارے بچو!

میں نے یہ ناول "گل شہزادی" آپ ہی کے لئے لکھا ہے۔ آپ کے ذوق کی تسکین کے لئے اور آپ کو اردو زبان سے رغبت دلانے کے لئے لکھا ہے۔ مجھے یاد ہے۔۔۔ میرے بچے جو آپ ہی کے ہم عمر ہیں' مجھ سے تقاضہ کرتے کہ آپ افسانہ لکھتے ہیں' مقالے لکھتے ہیں اور نہ جانے کیا کیا لکھتے ہیں مگر ہم لوگ انہیں سمجھ نہیں پاتے۔ ہم لوگوں (بچوں) کے لئے بھی کچھ لکھئے نا۔ میں نے کہا۔۔۔ بچوں کے لئے کچھ بھی لکھنا آسان کام نہیں۔ اس میں بڑوں کے لئے لکھنے سے زیادہ محنت کی ضرورت ہے' پھر بھی کوشش کروں گا اور میری کوششوں کا نتیجہ آپ کے

ہاتھ میں ہے ۔ خود فیصلہ کیجئے کہ میں کہاں تک اپنی محنت میں کامیاب ہوا ہوں ۔ لیکن ٹھہرئیے ! آپ کے فیصلہ لینے سے پہلے ایک کام کی بات بتا دوں، جیسا کہ میں نے عنوان قائم کیا ہے ۔ "ناول کیا ہے ؟" اسے ذہن نشیں کر لیجئے ۔

ابتداء :- قصہ کہنا یا سُننا انسان کی فطرت میں داخل ہے اور اس کا دلچسپ مشغلہ بھی ۔ شاید جب ہماری تہذیب نے پہلی بار کروٹ بدلی تو قصہ گوئی کی ابتداء ہوئی ۔ دوسرے لفظوں میں ہم کہہ سکتے ہیں کہ قصہ گوئی کا آغاز اس وقت ہوا جب انسان نے کھڑے ہو کر چلنا سیکھا ۔ بات کرنے کا انداز اور بولنے کا طریقہ جانا ۔ یہ سچ ہے کہ انسان جانوروں کی سی زندگی گزار رہا تھا ۔ قصہ گوئی کا یہ رجحان ہمیں سب سے پہلے غاروں اور گفاؤں میں دکھائی دیتا ہے ۔ جہاں خواب کو حقیقت سمجھ کر پیش کیا جاتا تھا اور دھیرے دھیرے داستان نے انسانوں کو غیر فطری باتوں کی طرف رجوع کرنے کے لئے مجبور کر دیا ۔ تہذیب کروٹ پر کروٹ بدلتی رہی، انسانی فکر غاروں اور گفاؤں کی تاریکی سے نکل کر زندگی سے آشنا ہونے لگی انسان نے اُن غیر فطری باتوں کو قبول کرنے سے انکار کر دیا ۔ اس طرح پُرانی روایت زوال پذیر ہو گئی ۔ یعنی دیومالائی کہانیوں کا خاتمہ ہو گیا ۔ جن کے اندر دیو، پَری ، جن ، بھُوت ، اژدہے اور نہ جانے کیسے کیسے خطرناک جانور وغیرہ ہوا کرتے تھے ۔ اور مزہ تو یہ ہے کہ انسان ان پر بڑی آسانی

کے ساتھ قابو پالیتا تھا، انہیں زیر کردیتا تھا، انہیں پچھاڑ گراتا تھا۔ اب اس کا دور نہیں۔ اُن عجیب وغریب باتوں کو آپ کا دل ودماغ قبول کرنے کو تیار نہیں۔

تعریف :- لفظ ناول انگریزی کے ذریعہ ہندوستان میں آیا۔ جس کی ابتدار لاطینی لفظ ناویلا (NOVELA) سے ہوئی جس کے معنی ابتدار میں نئی کہانی تھے لیکن رفتہ رفتہ اس کا مفہوم نثری کہانی ہوا اور یہ لفظ رومانس (Romance) کے مقابل قرار پایا۔ امریکہ کا مقبول ناول نگار "میری کرافورڈ" نے اسے "لے بی ٹانک" کہا پھر "فیلڈنگ" نے ناول کو نثر میں مزاحیہ رزمیہ کہا، فورسٹر نے "ادب کا مربوط" کہا۔ بہرحال کچھ بھی ہو، اس میں شک نہیں کہ ناول زندگی کی ترجمانی کرتا ہے۔ اس میں انسان کو اپنی زندگی کی عکاسی صاف نظر آتی ہے۔

ناول کی کچھ خاص پہچان ہے جن سے ناول کے فن پر روشنی پڑتی ہے، وہ یہ ہیں :-

پلاٹ :- قصہ کے ڈھانچا کو ہی پلاٹ کہا جاتا ہے جس کے ارد گرد کہانی گھومتی ہے۔ اس سے یہ فائدہ ہوتا ہے کہ کہانی میں کہیں جھول نہیں پڑتا، اس میں پیچیدگی نہیں آتی اور الجھاؤ کا احساس نہیں ہوتا۔ ناول نگار اسی خاکے کے اندر اپنی کہانی کو مرتب کرتا ہے۔ ہم کہہ سکتے ہیں کہ "پلاٹ" ایک ڈور ہے جس میں مختلف واقعات ترتیب سے پروئے جاتے ہیں

صرف یہ خیال رکھا جاتا ہے کہ یہ ڈور ٹوٹنے نہ پائے ' اس کا تسلسل برقرار رہے اور ہر حالت میں اس کی ہمواری قائم رہے ۔ ہر کردار ' ہر واقعہ "پلاٹ" کی مناسبت سے آئے یہی پلاٹ کی کامیابی کی دلیل ہے ۔ اس کی مدد سے کہانی میں چستی اور برقراری رہتی ہے ۔

کردارنگاری : ناول کا دوسرا حصّہ کردار نگاری ہے ' کردار ناول کی جان ہے ۔ ناول نگار کا فرض ہوجاتا ہے کہ وہ کردار جو کہانی کے لئے لائے گئے ہیں واضح طور پر پیش کریں تاکہ پڑھنے والے اُسے اچھی طرح سمجھ سکیں اور پڑھنے والوں کو یہ احساس ہو کہ ان کرداروں کو انہوں نے قریب سے دیکھا ہے ۔ ناول میں کردار کا ایک ہجوم ہوتا ہے یہاں ہر قسم کے لوگ دکھائی دیتے ہیں ۔ اچھے بھی بُرے بھی ' ظالم بھی مظلوم بھی ' امیر اور غریب بھی ' خوش قسمت اور بدنصیب بھی ' فرشتہ صفت بھی اور شیطان خصلت بھی ۔ لیکن ہر کردار کی اہمیت اپنی اپنی جگہ الگ الگ ہے ۔

مقصدیت : مقصدیت بھی ناول کا ایک اہم حصّہ ہے اسے ہم ناول نگار کا نقطۂ نظر بھی کہہ سکتے ہیں ۔ کامیاب ناول میں کردار کے ذریعہ ناول نگار کا نقطۂ نظر اُبھرتا ہے ۔ ان کی محبّت اور نفرت کا معیار ہمارے سامنے آتے ہیں ۔ جس سے ہمیں احساس ہونے لگتا ہے کہ یہ کردار ہماری زندگی سے قریب ہے ۔ اور سب سے بڑی بات یہ ہے کہ ناول نگار اپنے قاری کو اس کہانی کے ذریعہ کیا دینا چاہتا ہے اس کا اظہار ہو لیکن بڑے ہی

چابک دستی کے ساتھ تاکہ قاری (پڑھنے والے) کو یہ احساس تک نہ ہو کہ یہ ہم پر خواہ مخواہ تھوپا جا رہا ہے۔

پس منظر : جو کام ڈرامے میں سیٹ یا اسٹیج سے لیا جاتا ہے وہ ناول میں پس منظر کا کام دیتا ہے اس سے قاری کو سیاسی اور سماجی فضا، رسم و رواج اور تہذیب و تمدن کو سمجھنے میں مدد ملتی ہے۔ ہم پس منظر کو عام طور پر ماحول سے تعبیر کرسکتے ہیں اس کے فقدان (کمی) میں ناول اپنی کشش کھو دیتا ہے۔ یہ پس منظر ناول کے کردار کو اُبھار کر ہمارے سامنے لاتے ہیں۔

اگرچہ ناول کے یہ چار حصّے عام طور پر مانے جاتے ہیں لیکن کچھ لوگوں کا کہنا ہے کہ "انداز بیان" بھی ناول کا ایک اہم اور لازمی حصّہ ہے ـــ اور یہ سچ بھی ہے۔ اس لیے کہ اندازِ بیان پتلے میں رُوح پھُونک دیتا ہے، مجسّمے کو زندگی عطا کرتا ہے، قاری کے دل و دماغ کو اُکساتا ہے، اس میں پڑھنے کا شوق جگاتا ہے جسے ناول نگار پلاٹ اور کردار کی مدد سے تیار کرتا ہے۔ چنانچہ الفاظ کی جادوگری، محاورات کا اہتمام، اسلوب بیان کی پیش کش تمام کی تمام چیزیں اس سلسلے میں ہمارے سامنے آتی ہیں۔

پیارے بچّو! شاید آپ کو اکتاہٹ محسوس ہو رہی ہوگی لیکن اب میں آپ کا زیادہ وقت نہیں لوں گا۔ اس سے پہلے کہ آپ "گُل شہزادی"

کو قریب سے دیکھیں کچھ اس ناول سے متعلق بھی کہہ دوں ۔

"گُل شہزادی" آٹھ باب پر مشتمل ہے یعنی اس کے آٹھ حصّے ہیں۔ اسے میں نے الگ انداز سے پیش کرنے کی کوشش کی ہے ۔ کہانی کا آغاز دیگر ناول یا کہانیوں کی طرح بے تکلّفی سے یک بیک شروع نہیں ہو جاتا بلکہ اس کے لئے ایک نیا ڈھنگ آپ کی دلچسپی کے لئے اپنایا گیا ہے۔

رات کا شروع حصّہ ہے ، دادی امّاں چارپائی پر بیٹھی ہیں ، بچّے ان کو گھیرے ہوئے ہیں، ان سے کہانی سُنانے کا تقاضہ کرتے ہیں اور دادی امّاں کہانی شروع کرتی ہیں ۔ اور یہ کہانی پھیل کر ایک ناول یعنی طویل کہانی کی شکل اختیار کرلیتی ہے ۔ کہانیاں مختصر ہوتی ہیں، کسی ایک واقعہ یا حادثہ پر کہانی ختم ہوجاتی ہے مگر ناول میں ایک سے زیادہ واقعات یا حادثات ہوسکتے ہیں کہانی در کہانی اس کا پھیلاؤ ہوسکتا ہے ۔ جہاں بچّوں کو بات سمجھ میں نہیں آتی فوراً دادی امّاں کو ٹوک دیتے ہیں۔ اسکی وضاحت چاہتے ہیں۔ گویا دادی امّاں اور بچّے اس ناول کے ضمنی کردار ہیں جو کبھی کبھی اُبھر کر سامنے آتے ہیں ۔ جبکہ حقیقتاً اس ناول سے ان کا کوئی تعلّق نہیں ۔ صرف کہانی سننے اور سُنانے تک کا ہی رشتہ ہے ۔ واقعتاً اِس ناول کے کردار بہت سارے ہیں ۔ ایک ہجوم ہے کرداروں کا ' ان میں عادل شاہ ، عاقل شاہ ' شہزادہ اقبال مند ' گُل شہزادی ، جمّن ، کلّن

مالن، ملاحوں کی ٹولی اور دوسرے الگ الگ کردار — میں نے ہر کردار کو زندگی عطا کرنے کی کوشش کی ہے۔ انہیں آپ کے قریب کرنے کا حوصلہ کیا ہے۔ خود جائزہ لیجئے۔

بچو! میں نے آپ کو ناول سے پہچان کرائی، اسی پہچان کو نگاہ میں رکھتے ہوئے "گُل شہزادی" کا جائزہ لیجئے۔ آپ کو ناول کیسا لگا؟ مجھے لکھئے، میری خامیوں کو بتائیے، مجھے مشورہ دیجئے۔ تاکہ آپ کے ہاتھ میں جب میرا اگلا ناول ہو تو آپ کے مشورے بھی اس میں شامل ہوں۔

میری دعا ہے، آپ کو اردو زبان سے بے حد رغبت پیدا ہو، اُردو زبان میں صلاحیت اور لیاقت کے امین کہلائیں۔ خدا حافظ۔

والسلام

آپ کا

اعجاز ابن ضیا اوگانوی

(اعجاز بن ضیا اوگانوی)

۱

رات کے کھانے سے فارغ ہو کر گھر کے سبھی بچے دادی اماں کی چارپائی پر آدھمکے، چھوٹا ممتاز جسے دادی اماں پیار سے رنکی پکارا کرتی ہیں، رنکی سردی کے مارے ٹھٹھرا جارہا تھا۔ اس نے اپنے دانتوں کو کٹکٹاتے ہوئے تتلا کر بولا، دَدّا! سلدی لگ رہی ہے۔ دادی اماں پیار سے اپنی باہیں پھیلا کر رنکی راجا کو گود میں اُٹھا لیا اور اسے رضائی میں چھپا کر بالکل خاموش ہوگئیں۔ سبھی بچے ایک دوسرے کو ٹک ٹک تکے جا رہے تھے۔ پاس ہی رکھی انگیٹھی جل رہی تھی۔ بچے اپنے ہاتھوں کو سینکتے ہوئے ایک دوسرے کی طرف اشارہ بھی کر رہے تھے۔ سبھی بچے ایک ہی سوچ میں گُم تھے کہ آخر آج دادی اماں کو ہو کیا گیا ہے، بالکل

خاموش ہیں حالانکہ کل انہوں نے وعدہ کیا تھا کہ گُل شہزادی کی کہانی سنائیں گی۔ مگر کسی میں ہمت نہیں ہو رہی تھی کہ دادی اماں کو اپنا وعدہ یاد دلائے، یا کہانی کہنے پر کسی طرح آمادہ کرے۔ تبھی امتیاز نے دادی اماں کی خاموشی توڑنی چاہی۔ دادی امّاں! آج آپ کی طبیعت ٹھیک ہے نا؟

دادی امّاں نے امتیاز کی باتوں کی کوئی نوٹس نہ لی، سرفراز بھلا کب چُوکنے والا تھا، دادی اماں کی خاموشی سے فائدہ اٹھاتے ہوئے فوراً سرگوشی میں کہا۔ کیوں ضد کرتے ہیں بھیّا! ابھی رِنکی سویا کہاں ہے؟ اس کی باتوں سے دادی امّاں مسکرا کر رہ گئیں۔ مہ جبیں نے بھی موقعہ کو غنیمت جانا اور کہنے لگی۔ کیا میں سر دبا دوں؟

اب دادی امّاں کو اپنی خاموشی کا روزہ توڑنا ہی پڑا۔ کہنے لگیں۔ بچّو! تم لوگوں کی چالاکی اچھی طرح جانتی ہوں، یہ سب چونچلے کہانی سننے کے لئے ہیں۔ لیکن آج میں کہانی سنانے والی نہیں۔

سبھی بچّے ضد کرنے لگے۔ آخر کار دادی امّاں کو بچّوں کی ضد پر حامی بھرنی ہی پڑی۔ سب بچّے خوشی سے تالیاں بجانے لگے اور دادی امّاں زندہ باد کے نعرے بھی لگانے لگے۔

بس کرو بچّو، بس کرو۔ لو غور سے کہانی سُنو۔ یہ ایک پُرانی داستان ہے۔ کسی ملک میں ایک راجا رہتا تھا، اس کا نام عادل شاہ تھا۔ اس کے راج میں اس کی رعایا اس سے بہت

خوش تھی ۔ وہ امیر و غریب اور چھوٹا بڑا سب کے ساتھ انصاف سے پیش آتا ۔ کسی کو کوئی شکایت نہیں تھی ۔ اُسی راج میں جمّن اور کلّن بھی رہا کرتے تھے ۔ جُمّن کا باپ اپنے پیشے سے بڑھی کا کام کیا کرتا تھا' اور کلّن کا باپ ایک مالی تھا ۔ دونوں بچّوں کی مثالی دوستی تھی' جہاں جاتے ساتھ' کھیلتے ساتھ اور اسکول جاتے تو ساتھ ۔ یہاں تک کہ دونوں دوست اپنے اپنے گھروں سے کھانا لاکر ایک ساتھ ہی کھاتے. کچھ لوگوں کو تو یہ یقین ہوگیا تھا کہ یہ اپنے بھائی ہیں ۔لیکن حقیقت یہ ہے کہ ان دونوں میں خون کا کوئی رشتہ نہ تھا ۔ تم لوگ سوچ رہے ہوگے کہ جُمّن اور کلّن میں اس قدر گہری دوستی کیوں کر ہوئی ۔ یہ بھی ایک لمبی داستان ہے' کیا تم لوگ پہلے یہ جاننا چاہوگے کہ آخر کیا وجہ ہے کہ دونوں بچّے ایک دوسرے کے جاں نثار دوست بن گئے ۔

سبھی بچّوں نے ایک ساتھ کہا' ہاں دادی امّاں پہلے یہی سُنا دیجئے ۔

ہاں تو ہوا یوں ۔ ایک دن یہ دونوں مدرسہ سے اپنا اپنا بستہ لے کر واپس لوٹ رہے تھے تو کیا دیکھتے ہیں کہ ایک اندھے فقیر کو کچھ شریر بچّے ڈھیلے سے مار پیٹ رہے ہیں' وہ زار زار رو رہا تھا مگر کسی کو اس اندھے فقیر پر ترس نہ آیا ۔ آخر یہ دونوں درمیان میں آگئے اور اُس فقیر کو ان شریر بچّوں سے بچا کر اس کے جھونپڑے تک چھوڑ آئے۔ یہ فقیر ان دونوں سے بہت خوش ہوا' بہت ساری دعائیں دیں اور کہا۔

بچو! تم لوگوں نے میری جان بچائی، حقیقت تو یہ ہے کہ زندگی دینا اور لینا اللہ کے ہاتھ ہے مگر آج تم لوگوں نے فرشتہ بن کر میری مدد کی۔ اس اندھے فقیر کے پاس کچھ بھی نہیں کہ تمہیں انعام دے سکے مگر دوستی کی ایک کہانی سُنا دیتا ہوں، شاید تمہاری زندگی میں کام آئے۔
اتنا کہہ کر دادی اماں بالکل خاموش ہوگئیں۔ سبھی بچوں نے ایک ساتھ کہا آگے بھی تو کہئے کہ فقیر نے جمّن اور کلّن کو کیا کہانی سنائی

ہاں! وہی تو کہنے جارہی ہوں بیٹے۔ پہلے فقیر نے ان دونوں کو عزت سے چٹائی پر بٹھایا، خود بھی بیٹھا اور اپنی بچی کو آواز دیکر کہا کہ میرے دو مہمان آئے ہیں ان کے لئے کچھ ناشتہ لاؤ۔ ایک چھوٹی سی بچی جو اُن دونوں کی ہم عمر ہی تھی ایک طشتری میں بھُڑبھی (بھنا ہوا چاول) اور گُڑ کے چھوٹے چھوٹے ڈھیلے ان دونوں کے سامنے رکھ کر ادب سے بیٹھ گئی۔ بابا نے اپنی بچی کو مخاطب کیا۔ بیٹی! آج تو میرے ساتھ نہ گئی اگر یہ دونوں نہ ہوتے تو کچھ شریر بچوں نے تو تمہارے بابا کو مار ہی دیا تھا۔ وہ تو بھلا ہو اِن کا کہ وقت پر پہنچ کر ان دونوں نے میری مدد کی اور یہاں تک لے آئے۔ اتنا ہی کہا تھا کہ بابا کو جیسے کچھ خیال آگیا ہو وہ پاس ہی چٹائی پر کچھ ٹٹولنے لگے اور طشتری پر ہاتھ پڑتے ہی کہا۔ بیٹے! تم لوگوں نے ابھی تک کھایا نہیں، ان دونوں نے بابا اور اسکی بچی کے اصرار پر بھُڑبھی کا پھانکا لگانا شروع کیا۔ تب بابا کو یقین

ہو چلا کہ یہ دونوں کھا رہے ہیں تو انہوں نے کہانی کا آغاز کیا۔

آج سے چند سال قبل کی بات ہے کہ ایک گاؤں میں اللہ دین نام کا ایک نیک آدمی رہتا تھا۔ اُسے علاء الدین نام کا ایک بیٹا بھی تھا۔ یہ ایک کھاتا پیتا گھرانا تھا حالانکہ اس کی معاشی حالت بہت بہتر نہیں تھی پھر بھی بیوی اور تنہا اولاد کا بوجھ اسے زیادہ نہ تھا۔ اپنی مختصر کمائی کے باوجود گھر کو اچھی طرح چلائے جا رہا تھا۔ علاء الدین اُسی گاؤں کے ایک اسکول میں پڑھ رہا تھا، علاء الدین کے بہت سارے دوست تھے، وہ روزانہ ایک نئے دوست کے ساتھ گھر آتا۔ اسکے والد علاء الدین کے دوستوں کے حلقہ سے پریشان تھے۔ ایک دن اُس نے علاء الدین کو پاس بلا کر کہا۔ بیٹے! دوستی خدا کی نعمت ہے، اگر زندگی میں ایک دوست بھی مل گیا تو سمجھو کہ اُسے زندگی کی ایک بہت بڑی کمی پوری ہوگئی مگر دوست، دوست بھی تو ہو؟ — علاء الدین نے اپنے والد سے کچھ ناراض ہوتے ہوئے کہا۔ تو کیا آپ کو میرے دوستوں پر شک ہے؟ اس کے والد نے کہا۔ نہیں بیٹے، ایسی بات نہیں، میں تو اپنی قسمت پر افسوس کرتا ہوں کہ مجھے زندگی میں صرف ایک دوست ملا اور وہ بھی ایسا کہ جس کی بیس۲۰ سال سے کوئی خیریت معلوم نہیں۔

علاء الدین نے حیرت سے اپنے والد کی طرف دیکھا اور ہنستے ہوئے کہا۔ اور اسے آپ دوست کہتے ہیں؟ جس کی خبر بیس۲۰ سال سے آپنے

نہ لی اور نہ ہی اس نے یہ جاننے کی کوشش کی کہ اس کا دوست کس حال میں ہے؟

پھر بھی مجھے یقین ہے کہ وہ میرا دوست ہے، جاں نثار دوست۔

تو کیا آپ کو معلوم ہے کہ وہ کہاں رہتے ہیں؟

ہاں عرصہ ہوا ایک خط آیا تھا۔

تو کیا۔ اس عجوبہ شخص سے مجھے ملانے کی کوشش کریں گے؟

کیوں نہیں، چلو ملائے دیتا ہوں۔ اسی بہانے برسوں کی یادیں تازہ بھی ہو جائیں گی اور پھر ایک دن اللہ دین اپنے بیٹے علاء الدین کو ساتھ لے کر اُس گاؤں کی طرف روانہ ہوگیا۔ کئی دنوں کے بعد انہوں نے مکان کے دروازہ پر دستک دی۔ ایک بچے نے بڑے ہی ادب سے سلام کرنے کے بعد دریافت کیا، جناب آپ کن سے ملنا چاہتے ہیں؟

اللہ دین نے کہا، کیا عبدالرحمٰن کا یہی مکان ہے؟

ہاں جی! اس بچے نے ادب سے جواب دیا۔

اللہ دین نے پھر کہا، ان سے کہئے کہ اللہ دین آیا ہے۔

وہ بچہ اندر چلا گیا اور کافی دیر تک کوئی بھی آدمی باہر نہ آیا۔ یہاں تک کہ دو گھنٹے گذر گئے۔ علاء الدین کو بڑی ہی کوفت ہو رہی تھی۔ اُس نے اپنے والد سے کہا، یہی آپ کے دوست ہیں کہ دو گھنٹے آئے ہو گئے اور بیٹھنے تک کو نہ کہا۔

اللہ دین نے کہا' بیٹے ' بیس بائیس سال کے بعد مل رہا ہوں اس میں بھی کوئی مصلحت ہے ۔ دیر ہو رہی ہے تو بے سبب نہیں۔ اب آہی گئے ہیں تو مل لوں ۔

کیا خاک ملوں ۔ علاء الدین نے جھلّا کر کہا۔ دو گھنٹے ہو گئے انتظار کرتے ہوئے آنکھیں پتھر اگئیں اور آپ کے عجوبہ دوست ابھی تک وارِد نہ ہوئے ۔

اسی درمیان دروازہ کھُلا ' اللہ دین کی ہی عمر کا ایک شخص باہر آیا اور آتے ہی اللہ دین سے بغل گیر ہو گیا اور کہا ۔ معاف کرنا میرے دوست ' آنے میں دیر ہوگئی ' کیا کرتا ' عرصہ بعد ملاقات ہو رہی ہے ' سوچا میرا دوست ضرور کوئی مصیبت میں ہے اس وجہ سے میں نے فوری طور پر سفر کی تیاری کی ہے ' چلو ' کہاں جانا ہے ۔ میں نے اپنے شامل روپئے ' زادراہ اور تلوار بھی رکھ لی ہے شاید اس کی بھی ضرورت پیش آئے ۔ اور ہاں ' اپنی بیوی اور بچّہ کو بھی ساتھ لے آیا ہوں اگر کہیں ان کی ضرورت ہو تو یہ میرے دوست کے کام آئیں گے ۔

علاء الدین حیرت سے دونوں کی باتیں سُن رہا تھا اور یہ کہہ کر اندھے بابا خاموش ہو گئے ۔

جُمّن نے کہا ' بابا اس کے بعد کیا ہوا ۔

ہونا کیا تھا بیٹے ' بابا نے ایک سرد آہ لی اور کہا ۔ علاء الدین گرچہ

اپنے والد کے دوست سے مل چکا تھا' اسے یقین ہو چکا تھا کہ واقعی ان کے دوست جتنے بھی ہیں مطلبی ہیں۔ والد کے دوست کی خاکِ پا بھی نہیں' لیکن علاء الدین اپنے دوستوں کے حلقہ سے باہر بھی نہیں نکل سکا' آخر کار اس کے مطلبی اور خود غرض دوستوں نے اس کی زندگی تباہ کر دی اور ایک دن اسے دھوکے سے اندھا کر دیا اور در در کی ٹھوکریں کھانے پر مجبور .... اتنا کہہ کر بابا پھر سے خاموش ہو گئے لیکن ان کی بے جان آنکھوں میں جو شاید برسوں سے سوکھی پڑی تھیں بھیگ گئیں۔ اس نے بڑی ہی دردناک اور گلوگیر آواز میں آہ بھرتے ہوئے کہا۔ جاؤ بیٹے جاؤ۔ شاید تم لوگوں کو دیر ہو رہی ہو' مگر اتنا یاد رکھنا کہ پھر کوئی دوستی داغدار نہ ہو' پھر کسی علاء الدین کو کوئی دوست بھکاری نہ بنا دے اور پھر کسی اندھے بھکاری کو شریر بچے ڈھیلوں سے نہ مارے۔

تو کیا' وہ علاء الدین آپ ہی ہیں بابا؟ کلن نے حیرت سے کہا۔

ہاں بیٹے ہاں۔ وہ بد نصیب علاء الدین میں ہی ہوں۔

دادی اماں نے ایک لمبی جمائی لی اور کہا۔ بچو! اب سو جاؤ' باقی کہانی کل ہو گی۔

۲

آج بھی معمول کے مطابق سبھی بچّے دادی امّاں سے ضد کر رہے تھے ۔ دادی امّاں شاید آج مُوڈ میں تھیں، جیسے خود ہی کہانی سُنانے کے لئے بے چین ہوں۔ مگر ٹال مٹول کرنا تو جیسے ان کی عادت ہے اور اس کمزوری کو سبھی بچّے جانتے ہیں۔

کہنے لگیں، بچو ! کیا تم لوگوں نے اسکول کا کام پورا کر لیا ہے ؟ اس بات پر سرفراز نے فوراً کہا ۔ دادی امّاں ! وہ تو ہم لوگوں نے کلاس ہی میں فرصت کے وقت پورا کر لیا تھا ۔ چھوٹا رِنکی بھی پاس ہی تھا کہنے لگا ۔ دَدّا ! لات بالی تہانی تھنائیے نا ۔ وہ تو پہلے ہی سے تیار بیٹھی تھیں مسکرا کر کہنے لگیں ۔ بچّو ! کل تم لوگوں نے جمّن اور کلّن کی

دوستی کی وجہ جان لی تھی نا! لیکن درمیان ہی میں امتیاز نے ٹوکا۔ یہ تو آپ نے بتایا ہی نہیں کہ دوستی کیسے ہوئی۔ وہ تو اندھے بابا نے اُن دونوں کو اپنی کہانی سنائی تھی اور بس۔

ہاں بیٹے! یہی تو ان دونوں کی دوستی کی خاص وجہ ہوئی۔ جُمّن اور کلّن کو اندھے بابا کی اپنی داستان کا کافی اثر ہوا اور یہ دونوں اسی دن سے دوستی کے رشتے میں بندھ گئے۔

آگے کیا ہوا؟ مہ جبیں نے کہا۔ مہ جبیں کو تو جیسے کہانی سننے کی جلدی تھی۔

ہاں تو آگے سنو۔ دن گذرتے گئے، دن کے بعد رات اور رات کے بعد دن، اسی طرح کئی سال بیت گئے۔ اب ان دونوں نے بھی بچپن کے زمانہ کو پیچھے چھوڑ دیا تھا، دونوں جوان ہوئے اور اپنے اپنے پیشے میں مہارت حاصل کرلی۔ دونوں کُشتی کے فن میں بھی ماہر تھے۔ کسی کو کسی پر فوقیت حاصل نہیں تھی۔ ایک دن جوانی کے جوش نے ان کے دلوں میں ایک خواہش پیدا کی کہ کیوں نہیں ہم دونوں دوست اپنی طاقت کو آزمائیں کہ کون کس سے زیادہ ہے۔ حالانکہ دونوں کی دوستی میں ابھی تک کوئی فرق نہیں آیا تھا۔ دونوں نے ایک خاص مقام پر پہنچ کر آپس میں کُشتی شروع کی۔ گھنٹوں کُشتی ہوتی رہی مگر کوئی بھی ہار ماننے کو تیار نہ تھا۔ حالانکہ دونوں تھک کر چُور ہو چکے تھے۔ آخر جُمّن

کے ذہن میں ایک بات آئی ۔ اس نے کہا کہ اس طرح لڑتے لڑتے تو ہم لوگ کسی نتیجہ پر نہیں پہنچ سکتے ۔ کیوں نہیں ہم لوگ اپنی کُشتی کا مظاہرہ اپنے راجا عادل شاہ کے سامنے پیش کریں اور وہ جو بھی فیصلہ کریں اس کو ہم لوگ مان لیں ۔ کلّن بھی اس بات پر راضی ہوگیا اور دوسرے دن وہ دونوں عادل شاہ کے دربار میں پہنچے ۔ دربان سے التجا کی کہ ہم دونوں دوست ہیں اور اپنے راجا کے سامنے اپنی کُشتی کا مظاہرہ کرنا چاہتے ہیں۔ اسی غرض سے ہم لوگ حاضر ہوئے ہیں ۔ دربان ان دونوں کی فریاد عادل شاہ کے پاس لے گیا۔ عادل شاہ نے ان دونوں کو بلایا۔ راجا پہلے ہی ان دونوں کی دوستی کے چرچے سُن چکا تھا۔ یہ کہتے ہوئے راجا نے ان دونوں کی کُشتی کا دن مقرر کردیا کہ کوئی بھی جیتے یا ہارے آپس کی دوستی میں کوئی فرق نہیں آنا چاہئے ۔ دونوں نے حامی بھر لی اور مقررہ دن دربار میں حاضر ہوئے ۔ اس مظاہرہ کو دیکھنے والوں میں بادشاہ ، وزیر اور دیگر امراءِ سلطنت حاضر تھے ۔

امراءِ سلطنت کیا ہوتا ہے، دادی اماں ؟ سرفراز نے درمیان ہی میں ٹوکا ۔

امراءِ سلطنت ان لوگوں کو کہتے ہیں جو دربار کے اونچے اونچے عہدوں پر ہوتے ہیں ۔ ان سے بادشاہ ضرورت کے وقت مشورہ بھی لیتا ہے ۔

تو کیا، بادشاہ خود فیصلہ نہیں کرسکتا تھا ؟ جو ان لوگوں کو جمع کیا۔

امتیاز نے کہا۔

نہیں، ایسی بات نہیں۔ یہ تو سلطنت کا ایک طریقہ ہے۔ بہتر بادشاہ یا حکومت اُسی کو مانا جاتا ہے جو اپنے امیروں اور وزیروں سے مشورہ لے کر کوئی قدم اٹھائے۔ ویسے تو بادشاہ کی باتوں اور فیصلے کو کوئی کاٹ بھی نہیں سکتا۔ خیر آگے سنو۔ دونوں دوست میدان میں اُتر آئے۔ بادشاہ کے حکم سے نقارہ بجا اور اب جمّن اور کلّن ایک دوسرے پر پل پڑے، جو بھی داؤ جمّن لگاتا کلّن اسے آسانی سے بہت ہی صفائی کے ساتھ کاٹ جاتا اور جو داؤ کلّن لگاتا اُسے جمّن بھی بڑی ہی پھرتی سے کاٹ کر الگ جا کھڑا ہوتا۔ گھنٹوں کُشتی ہوتی رہی مگر کوئی کسی کو نہ پٹخ سکا۔ آخر کار عادل شاہ نے نقارہ بجانے کا اشارہ کیا اور اس آواز کے ساتھ ہی دونوں دوست ایک دوسرے سے الگ ہو گئے۔ دوبارہ نقارہ سے اُٹھنے والی آواز اس بات کا اعلان تھا کہ اب کُشتی روک دی جائے۔ دونوں ایک طرف بیٹھ گئے۔ اور عادل شاہ کے فیصلے کا انتظار کرنے لگے۔ عادل شاہ نے دونوں کو برابر قرار دیا اور انعام واکرام دینے کے بعد کہا کہ تم لوگ کُشتی کے فن میں یقینی طور پر طاق ہو، کسی کو کسی پر فوقیت حاصل نہیں، لیکن سنا ہے کہ تم لوگ اپنے اپنے فن میں بھی ماہر ہو، اپنے اپنے پیشے کے فن کا مظاہرہ کرو۔ شاید اس مظاہرہ میں تم لوگ ایک دوسرے پر برتری حاصل کر سکو۔ دونوں نے حامی بھرلی۔

جمّن تو یہ سوچ رہا تھا کہ وہ پیشے سے ایک بڑھی ہے کوئی ایسی انمول چیز بنالے گا جس کو دیکھنے کے بعد بادشاہ یقیناً اِسے کلّن پر فوقیت دے گا' اِدھر کلّن بھی اسی طرح سوچ رہا تھا ۔ ایک ماہ بعد فن کی نمائش کا دن مقرّر کیا گیا ۔ دونوں دوست پھر ایک ساتھ دربار سے لوٹے ۔ دن رات کے زیادہ تر حصّہ میں ساتھ رہتے مگر کوئی کسی سے یہ نہیں بتاتا کہ وہ کون سی چیز پیش کرنے جارہا ہے ۔ دوسرے دن دونوں دوست شامل اپنے اپنے اوزار کے ساتھ آبادی سے باہر نکل گئے ۔ جمّن اپنے مقصد کو پورا کرنے کی غرض سے جنگل کی طرف چلا گیا اور کلّن پھلواری کی طرف پھولوں کی جستجو میں ۔ ایک گھنٹہ بعد پھر دونوں دوست گاؤں میں ایک ساتھ تھے ۔ اور جب نمائش کو ایک ہفتہ رہ گیا تو دونوں نے وعدہ کیا کہ اب ایک ہفتہ تک ہم لوگ آپس میں نہیں ملیں گے ۔ چونکہ دربار میں نمائش کے لئے ایک دوسرے کو وہ نایاب چیز پیش کرنی تھی ۔

لیکن وہ دونوں ایک دوسرے سے الگ کیسے رہے جبکہ برابر ساتھ رہا کرتے تھے ؟ مہ جبیں نے تعجب ظاہر کیا ۔

ہاں بیٹے ! یہی تو بات ہے ۔ ایک تو دونوں کو ایک دوسرے پر فوقیت حاصل کرنے کی لگن تھی اور دوسرے انہیں اپنے فن کی نمائش کرنے کی مسرّت ۔ حالانکہ دونوں نے یہ وعدہ تو ضرور کرلیا تھا کہ اب نہیں ملیں گے مگر دونوں طرف بے چینی تھی ۔ دونوں کو ہر دن

پہاڑ کی مانند گذر رہا تھا۔ لیکن جیسے جیسے مقررہ دن قریب آنے لگا' دونوں کے دلوں میں خوشی کی لہر پیدا ہونے لگی۔ انہیں اس بات کی خوشی تو کم تھی کہ اپنے فن کے مظاہرہ کا دن قریب آرہا ہے لیکن اس بات کی زیادہ خوشی تھی کہ اپنے دوست سے مل سکوں گا۔ میرا دوست میرے قریب ہوگا۔

ایک ماہ گذر گیا' دربار لگا ہوا تھا۔ سبھی لوگ بیٹھے ان دونوں کا انتظار ہی کر رہے تھے۔ جمّن دربار میں حاضر ہوا لیکن کلّن کا کہیں پتا نہیں تھا۔ جمّن دل ہی دل میں خود کو کوس رہا تھا کہ کیوں کر اس طرح کی نمائش کے لئے تیار ہوا۔ شاید میرا دوست کلّن اسی وجہ سے یہاں نہ آسکا کہ وہ کوئی ایسی چیز بنانے میں ابھی تک کامیاب نہ ہوا ہو۔ اور اسے ندامت ہو رہی ہو۔ یہ سوچ ہی رہا تھا کہ کلّن بھی دربار میں حاضر ہوگیا۔ عادل شاہ اور تمام امیر سلطنت کو سلام بجا لانے کے بعد جمّن سے دوڑ کر بغل گیر ہوگیا۔ دونوں کی آنکھیں بھیگ گئیں۔ شاید یہ ایک ہفتہ کی جدائی کا اثر تھا۔ اور پھر دونوں ایک ساتھ بیٹھ گئے۔ اب دربار کی کاروائی شروع ہوئی۔ عادل شاہ نے جمّن کو حکم دیا کہ تم اپنے فن کا مظاہرہ کرو۔ اپنی بنائی ہوئی چیز پیش کرو۔ جمّن مسکراتے ہوئے اٹھا۔ اپنی جھولی سے ایک لکڑی کی بنی ہوئی چھوٹی سی مچھلی کو سفید سنگ مرمر کے فرش پر اس طرح رکھا کہ دربار میں سبھی لوگ عادل شاہ سمیت

اُٹھ کھڑے ہوئے ۔ اس بے جان لکڑی کی مچھلی کو دیکھنے کے بعد اصل کا گمان ہوتا تھا۔ ایسا محسوس ہوتا تھا کہ اگر اس مچھلی کو پانی میں اُتار دیا جائے تو یہ تیرنے لگے گی۔ سب لوگ حیرت زدہ تھے۔ بادشاہ نے اب کلّن کی طرف اشارہ کیا کہ تم اپنے فن کا مظاہرہ کرو ۔ اسی درمیان جمّن بول پڑا۔ حضور! گستاخی معاف! ابھی اس بے جان مچھلی کا مظاہرہ پورا ہوا کہاں ہے؟ ابھی تو اس کا تیرنا باقی ہے۔

کیا کہا۔ ؟ یہ مچھلی کیا واقعی تیرے گی؟ دربار میں سبھی لوگوں نے یک زبان ہوکر کہا۔

جی ہاں! یہ صندل کی لکڑی سے بنی ہوئی مچھلی ہے ۔ پانی لاکر تو دیکھئے۔ جمّن نے خود اعتمادی سے جواب دیا۔

ایک بڑے سے طشت میں پانی لایا گیا۔ جمّن نے عادل شاہ سے التجا کی کہ آقا۔ آپ خود اس مچھلی کو اپنے ہاتھوں سے پانی میں یہ کہتے ہوئے اتاریئے۔ "اے صندل کی بنی ہوئی مصنوعی مچھلی تو پانی میں تیر جا۔" گرچہ عادل شاہ کو یقین نہیں ہو رہا تھا کہ یہ مچھلی تیر سکتی ہے لیکن اس مچھلی میں جمّن نے اس قدر اپنے فن کو صرف کیا تھا کہ اصل معلوم ہوتی تھی ۔ عادل شاہ بادلِ ناخواستہ اُسے پانی میں جمّن کے اسی جملے کو دہراتے ہوئے چھوڑ دیا۔ اور یہ دیکھ کر دربار میں سبھی لوگوں کی آنکھیں حیرت سے کھُلی کی کھُلی رہ گئیں۔ واقعی وہ مچھلی

پانی میں تیرنے لگی تھی ۔ سب لوگ سرگوشیاں کرنے لگے تھے کہ اب اس سے بڑھ کر اور کیا فن کا مظاہرہ ہو سکتا ہے ؟ کلّن مالی اس فن کی دھول کو نہیں پہنچے گا ۔ چمن یقیناً کلّن پر برتری لے جائے گا ۔ چمن فاتحانہ تبسّم کے ساتھ کلّن کو دیکھتے ہوئے اپنی جگہ جا بیٹھا ۔ اب کلّن کی باری تھی ۔ عادل شاہ نے کلّن کو حکم دیا ۔ کلّن ایک بڑا سا تھیلا بغل میں دبائے اسی جگہ جا پہنچا جہاں ابھی ابھی مچھلی کا مظاہرہ پیش کیا گیا تھا ۔ اس نے اسی تھیلا سے ایک پھولوں کا گلدستہ نکالا جسے اس نے اس قدر فنکاری سے بنایا تھا کہ دیکھنے میں تو وہ محض ایک گلدستہ تھا مگر جب اُس میں جُڑی ہوئی چاروں لکڑی کو اُلٹا گھمایا گیا تو وہ بالکل ایک گھوڑا کی شکل کا گلدستہ ہو گیا تھا ۔ لکڑیوں کو گھمانے کے بعد گلدستہ کے اندرونی حصّہ میں ہوا بھی بھر گئی تھی اور اب اسے ان ہی لکڑیوں پر کھڑا کر دیا تھا ۔ دربار میں سبھی لوگ اس کی فنکارانہ صلاحیت کی داد ضرور دے رہے تھے مگر چمن کے فن کی بات ہی کچھ اور تھی ۔

عادل شاہ نے کلّن کو مخاطب کیا ۔ کلّن ! تم نے واقعی اپنے فن سے جو یہ گلدستہ بنایا ہے اس کی شاید کہیں مثال نہیں ۔ لیکن تمہارے دوست چمن نے ایک انمول چیز پیش کی ہے اس کا اعتراف صرف ہمارے امرارِ سلطنت اور مجھے ہی نہیں ہے بلکہ اگر تم بھی انصاف کی نظر سے دیکھو تو چمن کو ہی اوّل قرار دو گے ۔ اس لئے میرا یہ فیصلہ ہے کہ .....

لیکن ابھی تو اس گھوڑے کا مظاہرہ ہونا باقی ہے آقا ! کلن نے درمیان ہی میں عادل شاہ کو فیصلہ روک دینے پر مجبور کر دیا۔

مظاہرہ ہونا باقی ہے ؟ عادل شاہ نے حیرت سے کلن کی طرف نظریں جماتے ہوئے کہا۔

ہاں آقا ! آپ نے دیکھا کہ میرے دوست جمن کی مصنوعی مچھلی پانی میں تیرنے لگی تو کیا یہ ممکن نہیں کہ یہ بھی ہواؤں میں اُڑے۔

یہ کیسے ممکن ہے ؟

یہی تو خصوصیت ہے آقا، آپ اس کی پیٹھ پر بیٹھ کر اس کے کان میں حکم کیجئے۔ " اے پھولوں سے بنے ہوئے مصنوعی گھوڑے ! مجھے فلاں مقام پر پہنچا دے۔" اور یہ آپ کو اُس مقام تک پہنچا دے گا۔

دربار میں سبھی لوگ حیرت زدہ تھے۔ عادل شاہ یہ سوچنے پر مجبور تھا کہ یہ مصنوعی گھوڑا بھلا کیوں کر اُڑ سکے گا ؟ اگر کلن کے کہنے کے مطابق وہ اس کی پیٹھ پر بیٹھ جائے تو پھولوں سے بنا ہوا گھوڑا اسکے وزن کو سنبھال نہ سکے گا درخواہ مخواہ بھرے دربار میں اس کی رسوائی ہوگی اور یہ شاہوں کے شایان شان بھی نہیں۔ لیکن کلن اصرار کئے جا رہا تھا۔ شہزادہ اقبال مند جو شروع سے آخر تک ان دونوں کا مظاہرہ دیکھ رہا تھا، اس نے اپنے والد عادل شاہ سے التجا کی کہ مجھے اس گھوڑے کی پیٹھ پر بیٹھنے کی اجازت دی جائے۔ عادل شاہ نے اپنے جوان بیٹے کی سُبکی کا خیال کیا پھر اجازت دیدی یہ جانتے

ہوئے کہ اگر یہ پھولوں سے بنا ہوا گھوڑا زمین پر پیل ہی گیا یا اُس کے جُملے دُہرانے کے باوجود نہ اُڑ سکا تو اس کی رسوائی میں وہ بات نہ ہوگی جو کہ میرے ساتھ معاملہ پیش آنے سے جگ ہنسائی ہوگی۔

اب شہزادہ اقبال مند اس گھوڑے کی پیٹھ پر بیٹھ کر کلمن کے اُسی جُملے کو دُہراتے ہوئے کہا۔ "اے پھولوں سے بنے ہوئے مصنوعی گھوڑے مجھے سات سمندر پار لے جا۔" اس جملے کے ساتھ ہی گھوڑا دھیرے دھیرے ہوا میں معلق ہوا اور پھر پلک جھپکتے ہی وہ نظروں سے غائب ہوگیا۔

اتنا کہہ کر دادی اماں خاموش ہوگئیں۔ اب ان کی پلکیں بھاری ہو رہی تھیں۔ رات کے ساڑھے بارہ بج چکے تھے۔ انہوں نے کہا جاؤ بچو! اب تم لوگ سو جاؤ۔ باقی کہانی کل سناؤں گی۔ لیکن سبھی بچے ضد کرنے لگے کہ کہانی پوری کر دیجئے۔ دادی اماں نے کہا۔ نہیں بیٹے! یہ کہانی بہت ہی لمبی ہے اگر دو گھنٹہ بھی نہیں سوؤں گی تو پھر تہجد کی نماز کیسے پڑھ سکوں گی۔ پھر تم لوگوں کو سویرے اسکول بھی جانا ہے۔ اس لئے اب سو جانا ہی بہتر ہے۔ جاؤ، تم لوگ بھی سو جاؤ ۔۔۔

بچے اپنے اپنے بستر پر چلے گئے۔

―――:٠:―――

(۳)

اگلی رات دادی امّاں پوری تیاری میں تھیں۔ گھر کے سارے بچّوں نے دادی امّاں کو گھیر لیا اور جلد سے جلد کہانی شروع کرنے کی فرمائش کی۔ دادی امّاں نے کہا۔ کیا تم لوگوں کو یاد ہے کہ کل کہاں تک کہانی ہوئی تھی۔ فوراً سبھی بچّوں نے کہا۔ شہزادہ اقبال مند گھوڑے پر بیٹھا اور وہ گھوڑا اسے لے کر اُڑ گیا۔ لیکن وہ گھوڑا کہاں گیا؟

دادی امّاں نے کہا۔ یہی تو بتانے جا رہی ہوں، تم لوگوں کو یاد ہوگا کہ جب شہزادہ اقبال مند گھوڑے کی پیٹھ پر بیٹھا تو اس نے گھوڑے کے کان میں سات سمندر پار لے جانے کا حکم کیا تھا۔

ہاں، وہ تو یاد ہے، لیکن یہ کیسے ممکن ہے کہ لکڑی کی بنی ہوئی بے جان

مچھلی پانی میں تیرے اور پھولوں سے بنا ہوا گھوڑا ہوا میں اُڑنے لگے۔ امتیاز نے تعجب سے کہا۔

ہاں، مجھے یقین تھا کہ تم لوگ یہ سوال ضرور کرو گے۔ اس میں حیرت کی کوئی بات نہیں۔ جمن نے اس قدر چالاکی سے مچھلی کے اِرد گِرد کافور کے چھوٹے چھوٹے ڈھیلوں کو پھنسایا تھا جو نظر نہیں آتے تھے۔ تم تو جانتے ہی ہو کہ کافور کو پانی میں ڈالنے کے بعد اس سے ایک طرح کی گیس خارج ہوتی ہے جو پانی کی سطح پر پھیل جاتی ہے اور وہ چیز اُسی کے زور سے پانی پر آگے کھسکنے لگتی ہے جس سے تیرنے کا گمان ہوتا ہے اور کلن کا گلدستہ حقیقت میں گھوڑے کے بچھڑے کی مسلّم کھال تھی جس میں ہوا بھر کر محفوظ رہ سکتی تھی اور ہو سکتا ہے کہ اس کی پیٹھ پر بٹن اور مشین بھی ہو جس پر بیٹھنے کے بعد حرکت کرنے سے وہ مشین اسٹارٹ ہو گئی ہو۔ بہر حال، آج کے سائنسی دور میں یہ کوئی حیرت کی بات نہیں۔ ہوائی جہاز ہیلی کوپٹر وغیرہ کو تو تم نے دیکھا ہے مگر اُڑن طشتری کا ذکر تو زمانہ قدیم سے چلا آرہا ہے۔ اور آج بھی اخبارات میں اس کا ذکر مل جاتا ہے۔ ہو سکتا ہے کہ وہ اسی طرح کی کوئی چیز ہو—— اس سے آگے سنو، شہزادہ اقبال مند کو گھوڑا سات سمندر پار لے گیا۔ یہ علاقہ دوسرے راجا کا تھا۔ جس کا نام عاقل شاہ تھا۔ عاقل شاہ کی سلطنت میں ایک خوبصورت پھلواری تھی جس کی رکھوالی ایک مالن کیا کرتی تھی بلکہ عاقل شاہ کی طرف سے یہ پھلواری اسی مالن

کو انعام میں دی ہوئی اس کی ملکیت تھی ۔ اس مالن کا شوہر مرچکا تھا۔اب اس پھلواری کی آمدنی سے مالن اپنا اور اپنے بچّوں کی گذر بسر کیا کرتی تھی۔جب شہزادہ اقبال مند وہاں پہنچا تو شام ہو چکی تھی۔مالن بھی اپنے گھر جا چکی تھی۔ شہزادہ اقبال مند کے لئے یہ نئی جگہ تھی اسے اور کوئی راستہ سُجھائی نہ دیا۔یہی مناسب سمجھا کہ رات کسی طرح یہیں گذار لی جائے ۔ اس لئے وہ اپنے گھوڑے سے اُتر کر اسی طرح گھوڑے کی ٹانگوں کو اُلٹا گھمایا پھیرایا ۔چونکہ اس نے پہلے ہی کلّن کو دیکھ لیا تھا کہ کس طرح گھمانے سے پھولوں کا یہ گلدستہ گھوڑے کی شکل اختیار کیا تھا۔اب وہ گھوڑا پھر سے پھولوں کا گلدستہ تھا۔ شہزادہ اُسے اپنے سرہانے رکھ کر سو گیا ۔چونکہ تھکا ہارا تھا، اُسے گہری نیند آگئی ۔ جب صبح ہوئی تو پھلواری کا نقشہ ہی بدلا ہوا تھا۔ مالن کو کچھ لوگوں نے خبر دی کہ تمہاری پھلواری تو راتوں رات ایک خوش نما چمن میں تبدیل ہوگئی ہے ۔ظاہر ہے لوگوں کو تو حیرت ہوگی ہی۔اِدھر مالن بھی کسی کی بات پر یقین کرنے کو تیار نہیں تھی ۔ اس لئے کہ شام کو جب وہ پھلواری سے لوٹی تھی تو اپنی پھلواری کو خستہ حالت میں چھوڑ کر آئی تھی ۔ وہ بچاری اکیلی جان تھی بچّے چھوٹے چھوٹے تھے اس کی مدد کرنے کے لائق ہی نہ تھے ۔ وہ اتنی بڑی پھلواری کا تنہا پانی وغیرہ کا انتظام ٹھیک طرح سے نہیں کر پاتی تھی ۔ بھلا اُسے یقین کیسے آتا۔ مگر جب اور بہت سے لوگوں نے اسے یہی خوش خبری سنائی تو اس نے سوچا،

چلو دیکھ لینے میں حرج ہی کیا ہے یہی سوچ کر اُس نے وقت سے پہلے ہی پھلواری کی راہ لی ۔ وہ کچھ دور ہی تھی تو اُسے پھولوں کی بھینی بھینی خوشبو کا احساس ہوا ۔ اس نے قدم کو تیز کر دیا اور جب وہ وہاں پہنچی تو اس کی حیرت کی انتہا ہی نہ رہی ۔ وہ خوشی کے مارے پاگل ہوئی جا رہی تھی ۔ وہ چاروں طرف آنکھیں پھاڑ پھاڑ کر دیکھتی ۔ پہلے تو وہ ڈری کہ راتوں رات کیسے ممکن ہے مگر اُسے خدا کی قدرت اور اس کی کاریگری کا خیال آیا ۔ سوچا ہو سکتا ہے میں نے کوئی اچھا کام کیا ہو گا جسکے صلے میں خدا نے میری غریبی پر ترس کھا کر اپنی قدرت سے راتوں رات یہ سب کر دیا ۔ جب وہ مُردے میں جان ڈال سکتا ہے ، اُجڑے گھروں کو آباد کر سکتا ہے ، جلی کھیتیاں سرسبز شاداب کر سکتا ہے تو یہ بھی کر سکتا ہے ۔ حالانکہ وہ سب کچھ اپنی کھلی آنکھوں سے دیکھ رہی تھی ، قدرت کے نظاروں سے لُطف اندوز ہو رہی تھی پھر بھی اس کے دل و دماغ میں یہ بات رہ رہ کر اُبھرتی تھی کہ یہ سب کیسے ہو گیا ؟ یہی سوچتی ہوئی وہ اِدھر اُدھر گھوم پھر رہی تھی تو کیا دیکھتی ہے کہ ایک خوبصورت نوجوان گہری نیند کے مزے لے رہا ہے ۔ اب اسے خیال آیا ' ہو نہ ہو اسی مسافر کے قدموں کی برکت سے اللہ نے میری اُجڑی ہوئی پھلواری میں جان ڈال دی ہے ۔ اس کا عقیدہ اس قدر پختہ ہو گیا کہ اس کے پیروں کا بوسہ لینا چاہتی تھی پھر خیال آیا ایسا کرنا گناہ ہے اور ہو سکتا ہے کہ یہ کوئی فرشتہ ہو ، جادوگر ہو یا اور کوئی مخلوق ۔ میرے ایسا

کرنے سے اس کی نیند میں خلل پڑ سکتا ہے اور یہ اس کی ناراضگی کا سبب ہو۔ مگر اُسے خیال آیا کہ اگر واقعی یہ انسان ہے تو یقیناً اِسے بھوک لگے گی۔ نیند سے جاگنے کے بعد اِسے بھوک ستائے گی تو کیوں نہیں اسکے لئے کچھ بنا کر لے آؤں۔ اور وہ خوشی خوشی اپنے گھر لوٹی۔ عجلت میں جو کچھ بن پڑا بنا کر لے آئی۔ مگر وہ مسافر ابھی تک نیند سے بیدار نہیں ہوا تھا۔ سوچا جگا دوں' اور ہمّت کر کے مالن نے گلاب کے ایک پھول سے اس کے تلووں کو دھیرے دھیرے سہلانا شروع کیا۔ مالن کے ایسا کرنے سے اسکے تلووں میں گُدگُدی ہونے لگی۔ جس کی وجہ سے کبھی وہ اپنے پیروں کی انگلیوں کو موڑتا اور کبھی اپنے پنجوں کو اوپر نیچے کر کے ایک دوسرے پر رگڑتا۔ مگر مالن اسی طرح بار بار کرتی رہی۔ آخر کار اس کی آنکھیں کھل گئیں۔ وہ اُٹھ بیٹھا اور آنکھیں پھاڑ پھاڑ کر حیرت سے کبھی مالن کو اور کبھی پھلواری کے چاروں طرف نظریں گھما کر دیکھنے لگا۔ اسے اِس طرح ہکّا بکّا ہو جانے سے مالن بھی گھبرائی ہوئی تھی مگر اُس نے ہمّت کر کے اُسے مخاطب کیا۔

آقا! کیا آپ یہ بتا سکتے ہیں کہ آپ کون ہیں؟ انسان ہیں' فرشتہ ہیں' جن ہیں یا کوئی اور مخلوق۔

اس نے مسکراتے ہوئے جواب دیا۔ تمہیں اس سے مطلب؟

مطلب ہے میرے آقا' آپ کے قدموں کی برکت سے میری تو

زندگی ہی بدل گئی۔ کل تک میری یہ پھلواری ایک خستہ حال اور اُجڑی ہوئی تھی مگر آج راتوں رات اس کا نقشہ ہی بدل گیا۔

لیکن مجھے فی الحال بھوک لگی ہے۔ اگر کچھ کھلا سکتی ہو تو لاؤ۔ اس نے مالن سے کہا۔

مالن نے جو کچھ گھر سے بنا کر لایا تھا اُس کے سامنے لا کر رکھ دیا۔

اس نے سیر ہو کر کھایا۔ جب اسے کچھ سکون ہوا تو اطمینان سے بیٹھ کر اس نے کہا۔ ڈرو نہیں۔ میں بھی تمہاری ہی طرح ایک انسان ہوں۔ مگر میں یہیں تمہاری پھلواری میں ہی رہنا چاہتا ہوں۔ کیا تم مجھے یہاں رہنے کی اجازت دوگی؟

مالن نے کہا۔ یہ کیسے ممکن ہے کہ آپ کو یہاں تنہا چھوڑ دوں، آپ میرے جھونپڑے میں چلیں، جو مجھ سے خدمت ہو سکے گی کروں گی۔

نہیں، میں یہیں رہنا چاہتا ہوں اور ہاں ــ اس کی خبر کسی اور کو نہ ہو۔ اُس نے کہا۔

ایسا ہی ہوگا۔ لیکن ایک بات میری بھی ماننی ہوگی کہ کھانے پینے کا انتظام میرے ذمّہ ہوگا، مالن نے کہا۔

چلو مان لیتا ہوں۔ مگر یہ تو بتاؤ کہ تمہاری گزر بسر کیسے ہوتی ہے؟

اللہ کی مہربانی ہے، جب تک گُل شہزادی حیات ہے مجھے کیا غم؟ پھولوں کی قیمت اتنی مل ہی جاتی ہے کہ اسی سے گزر بسر ہو جاتی ہے۔

تو کیا پھلواری کے تمام پھولوں کو وہی خرید لیتی ہیں ؟

اسی قدر کہ جتنا اُسے ضرورت ہے ۔ اس سلطنت کا راجا عاقل شاہ ہے جس کی بیٹی گُل شہزادی روزانہ ایک سو ایک گلاب کے پھولوں سے تولی جاتی ہے اور اس کی قیمت اتنی ملتی ہے کہ اور پھول فروخت کرنے کی ضرورت ہی نہیں۔

تو کیا اس شہزادی کا وزن صرف ایک سو ایک گلاب کے پھول ہیں ؟

جی ہاں ، وہ اتنی نازنین ہے کہ اس کا وزن ایک سو ایک پھول ہی ہے اور بقیہ پھول تو وہ اپنے کمروں کو سجانے اور اپنے بستر پر بچھانے کے لئے رکھ لیتی ہے ۔

حیرت کی بات ہے ۔ ایک سو ایک گلاب کے پھولوں کا وزن ہی کیا ہوگا ؟ مجھے تمہاری باتوں کا یقین نہیں آتا ۔

یہی تو حیرت کی بات ہے کہ اُسے آج تک کسی مرد نے نہیں دیکھا اور نہ ہی اس کی نظر کسی مرد پڑی ہے ۔سوائے عاقل شاہ کے۔

لیکن وہ رہتی کہاں ہے ؟

یہاں سے کچھ دور اس کے لئے ایک خاص محل بنایا گیا ہے جو چھ محلوں کے اندر ہے یعنی وہ ساتویں محل میں رہتی ہے ۔ میں روزانہ وہاں پھول لے کر جاتی ہوں ، اُسے خود تولتی ہوں ۔

یہ سب جاننے کے بعد شہزادہ اقبال مند کے دل میں خواہش پیدا ہوئی کہ کسی طرح گُل شہزادی کو ایک نظر دیکھ لے ۔ وہ رات

ہونے کا بڑی بے چینی سے انتظار کرنے لگا۔ جب رات ہوئی تو وہ گلدستہ کو گھوڑے کی شکل دی اور اس کی پیٹھ پر بیٹھ کر اسے حکم دیا ـــــ "اے پھولوں سے بنے ہوئے مصنوعی گھوڑے مجھے اس نازنین گُل شہزادی تک پہنچا دے ۔" مصنوعی گھوڑا وہاں سے اُڑا اور گُل شہزادی کے اُس محل پر اُتر گیا جہاں اُس کا ٹھکانہ تھا۔ شہزادہ اقبال مند تلاش کرتا ہوا اُس کمرہ میں جا پہنچا جہاں گُل شہزادی سوئی ہوئی تھی ۔ گُل شہزادی کو دیکھتے ہی شہزادہ اقبال مند اس پر فریفتہ ہو گیا ۔ لیکن وہ خواب غفلت میں تھی ۔ اُسے جگانا مناسب نہیں سمجھا ۔ شہزادہ اقبال مند کی نگاہ اسکے سرہانے میں رکھے ہوئے ایک رومال پر پڑی اس نے وہ رومال اٹھالیا اور اپنا رومال اُسی جگہ احتیاط سے رکھ دیا اور پھر وہ اسی طرح واپس لوٹ آیا ۔ دوسرے دن جب مالن ناشتہ لے کر شہزادہ اقبال مند کی خدمت میں حاضر ہوئی تو وہ کچھ اداس تھی ۔ شہزادہ اقبال مند نے اس سے اداسی کا سبب پوچھا تو وہ کہنے لگی ۔ اب میری جان کی خیر نہیں ۔ آج گُل شہزادی ایک سو دس پھولوں سے تُلی ۔ پتا نہیں کیوں اس کا وزن نو پھول بڑھ گیا ہے ۔

تو اس میں گھبرانے کی کیا بات ہے ؟

گھبرانے کی بات ہی ہے مالک ! ہو سکتا ہے کہ میرے پھولوں میں کوئی کھوٹ ہو یا میرے پھول اب اس لائق نہیں ۔

ہو سکتا ہے ۔ لیکن یہ بھی تو ہو سکتا ہے کہ اتفاقیہ کسی مرد کی نظر

شہزادی پر پڑ گئی ہو یا اس نے کسی مرد کو دیکھ لیا ہو جس کی وجہ اس کا وزن بڑھنے لگا ہو۔

نہیں، یہ کیسے ممکن ہے؟

کیوں۔؟ جب راتوں رات تمہاری اجڑی پھلواری سرسبز و شاداب ہوسکتی ہے تو کیا یہ ممکن نہیں۔

اور اگر یہ صحیح بھی ہے تو اسے کون مانے گا۔ گردن تو میری ہی ماری جائے گی۔ یہی کہتی ہوئی مالن اُداس اُداس وہاں سے اُٹھی اور بھاری بھاری قدموں سے وہ اپنے گھر کی طرف چلی گئی۔

دوسری رات شہزادہ اقبال مند پھر اسی طرح گُل شہزادی تک جا پہنچا۔ آج بھی وہ گہری نیند میں تھی۔ کچھ دیر وہ شہزادی کو ٹکٹکی لگا کر دیکھتا رہا۔ آج بھی وہ کوئی نشانی لینا چاہتا تھا مگر اُسے کوئی چیز ایسی نہ ملی جسے لے کر وہی چیز اس کی جگہ چھوڑ آئے۔ اس نے گُل شہزادی کے کمرے کا بھرپور جائزہ لیا۔ اسی درمیان گُل شہزادی نے کروٹ لی۔ شہزادہ اقبال مند نے فوراً اس کے سرہانے بیٹھ کر خود کو چھپا لیا۔ اُسے یہ ڈر ہو گیا تھا کہ شاید شہزادی جاگ چکی ہے۔ شہزادہ اقبال مند اسی طرح بالکل خاموش شہزادی کی چارپائی کے سرہانے بیٹھا رہا۔ اسی وقت گُل شہزادی کی پتلی پتلی انگلیوں پر اس کی نظر گئی۔ اس کی انگلی میں ہیرے کی ایک انگوٹھی چمک رہی تھی۔ اسے اپنے مقصد میں کامیابی نظر آئی۔ سوچا کسی طرح اُس کی

انگوٹھی نکال کر اپنی انگوٹھی اس کی انگلی میں پہنا دے ۔ مگر اسے یہ بھی ڈر تھا کہ کہیں ایسا کرنے سے شہزادی کی آنکھیں کھل نہ جائیں ؟ مگر اسے تو مقصد تک پہنچنا تھا ۔ اس نے یہ خطرہ مول لینا گوارہ کرلیا ۔ اب وہ بہت ہی آہستگی اور ہشیاری کے ساتھ اس کی انگلی سے انگوٹھی نکالنا شروع کیا اور وہ اپنے مقصد میں کامیاب بھی ہوگیا ۔ اس کی انگوٹھی نکال لی اور اپنی انگوٹھی پہنادی اور وہاں سے اسی طرح واپس لوٹ آیا ۔

دوسرے دن مالن معمول کے مطابق کچھ دیر سے اس کی خدمت میں حاضر ہوئی اور کل کی نسبت زیادہ اُداس اور گھبرائی ہوئی تھی ۔ اِدھر شہزادہ اقبال مند کو رات کے واقعہ کے نتیجے کا انتظار بھی تھا ۔ وہ جاننا چاہتا تھا کہ کہیں انگوٹھی کا راز تو نہیں کھل گیا ہو ؟ شہزادی نے اس کی انگوٹھی کو پہچان نہ لیا ہو ؟ شہزادہ اقبال مند نے مالن کے آتے ہی دریافت کیا ۔

اس نے کہا ۔ مالک ! اب میری تباہی یقینی ہے آج گُل شہزادی کا وزن ایک سو اُنیس (119) پھول ہوگیا ہے ۔ آخر یہ سب کیوں ہو رہا ہے ؟ یہ خبر چھپی تو رہے گی نہیں ، آج نہ کل عاقل شاہ کو معلوم ہی ہو جائے گا اور جب یہ منحوس خبر عاقل شاہ تک پہنچ جائے گی تو میرا کیا انجام ہوگا اس سے میں باخبر ہوں ۔ اس نے بے دلی سے شہزادہ اقبال مند کو ناشتہ کھلایا اور واپس ہوگئی ۔

اِدھر شہزادی کو یہ خیال ہوا کہ کوئی نہ کوئی مرد میری خواب گاہ میں ضرور

آتا ہے ۔ آج گُل شہزادی اس راز سے پردہ ہٹانا ہی چاہتی تھی ۔ اگلی رات اس راز کی تہہ تک پہنچنے کے لئے اُسے کوئی اور راستہ دکھائی نہ دیا۔ اس نے اپنی انگلی کو چاقو سے چاک کیا اس میں تھوڑا نمک ڈالا اور اس وقت کا انتظار کرنے لگی ۔ ایسا قدم اس نے اسی لئے اٹھایا تھا تاکہ نیند نہ آئے ۔ اگلی رات شہزادہ اقبال مند اپنے وقت کے ساتھ پھر حاضر ہوا ۔ وہ تو جاگ ہی رہی تھی ۔اُٹھ بیٹھی اور حیرت سے اسے دیکھنے لگی ۔ اِدھر شہزادہ اقبال مند بھی ندامت سے سر جھکائے کھڑا تھا ۔چونکہ اب وہ راز کُھل چکا تھا ۔

جاؤ بچو ! اب سو جاؤ ۔ رات زیادہ ہوگئی ہے باقی کہانی کل سنوگے۔ اتنا کہہ کر دادی امّاں نے اپنی چارپائی پر پیروں کو دراز کیا ۔ بچے سمجھدار تھے ۔ ایک ایک کر کے اپنے اپنے بستر پر چلے گئے لیکن انہیں آج نیند نہیں آرہی تھی ۔ وہ سب یہی سوچ رہے تھے کہ جب گُل شہزادی نے شہزادہ اقبال مند کو دیکھ لیا ہے، اس کی چوری پکڑی گئی تو ضرور سپاہیوں کو آواز دیا ہوگا اور شہزادہ اقبال مند گرفتار ہو کر عاقل شاہ کے سامنے پیش کیا گیا ہوگا ۔ شاید یہی کچھ سوچتے سوچتے بچوں کو نیند آگئی ۔

۴

آج جمعہ کی رات تھی ۔ بچے جمعرات کو مغرب کے بعد صرف کلمہ اور طریقۂ نماز یاد کرتے ہیں اس کے بعد فرصت ہوجاتی ہے ۔ آج ان لوگوں کو عشار کی نماز سے قبل ہی فرصت مل چکی تھی ۔ سبھی بچے دادی اماں کا انتظار کررہے تھے ۔ انہیں تو فکر تھی کہ دادی اماں جلد سے جلد نماز عشار ادا کرلیں ۔ جب دادی اماں عشار کی نماز سے فارغ ہوگئیں توسب بچے صلاح کرکے ایک ساتھ دادی اماں کی کوٹھری میں براجمان ہوگئے ۔ دادی اماں ان لوگوں کا مقصد جانتی تھیں کہ یہ سب کس لئے آئے ہیں ۔تبھی امّی جان نے آواز دی ۔ چلو بچو ! تم لوگ اپنے اپنے بستر پر آجاؤ ۔ آج سردی زیادہ ہے ۔ برف باری بھی ہوئی ہے ۔

سردی لگ جائے گی ۔ امّی جان کی آواز پر رنکی راجا نے دادی امّاں کی گود ہی سے ٹن سے جواب دیا ۔ نا ہیں سلدی لدے دی ۔ آپ ٹھو دائیے ۔ سب لوگ ہنسنے لگے ۔ دادی امّاں نے رنکی راجا کو رضائی میں چھپالیا ۔ پھر امّی جان نے آواز دی ۔ ان باتوں سے بچّوں پر جیسے بجلی گرگئی ہو ۔ سبھی کو سانپ سونگھ گیا ۔ گم صم تھے ۔ پھر سرگوشیوں میں دادی امّاں کی خوشامد کرنے لگے کہ امّی جان کو آپ ہی سمجھائیں ۔ شاید دادی امّاں بھی جلد سے جلد اس کہانی کو سنا کر فرصت پالینا چاہتی تھیں ۔ یہیں سے انہوں نے آواز دیا ۔ تم سو جاؤ ۔ بچّے میرے پاس ہیں ۔ تھوڑی دیر خاموشی رہی پھر دادی امّاں نے ہی خاموشی توڑی ـــــ تم لوگ سوچ رہے ہوگے کہ گُل شہزادی نے سپاہیوں کو آواز دیکر شہزادہ اقبال مند کو گرفتار کروا لیا ہوگا ۔

ہاں دادی امّاں ۔ یہی تو ہم لوگ بھی سوچ رہے ہیں ۔ مہ جبیں نے کہا ۔

تم لوگوں کا یہ سوچنا صحیح ہے ۔ لیکن کیا تم لوگوں کو یاد نہیں کہ گُل شہزادی سے کوئی نہیں ملتا تھا ۔ پھر مَرد کی صورت میں سپاہیوں کو کیسے آواز دیتی ؟

تو عورت سنتری بُلایا ہوگا ؟ امتیاز نے کہا ۔

نہیں، یہ بات بھی نہیں ۔

تو پھر ۔ ؟ سرفراز بھی یہ کہتا ہوا دادی امّاں کو غور سے دیکھنے لگا ۔

دادی امّاں اب ٹھہر ٹھہر کر کہنے لگیں ـــ کچھ دیر تو گُل شہزادی

حیرت سے دیکھتی رہی ۔ وہ یہ سوچ رہی تھی کہ یہ خوبصورت نوجوان آخر کس طرح میرے محل میں داخل ہوکر یہاں تک چلا آیا ۔

اس نے کہا ۔ اے نوجوان ! تو کون ہے ، یہاں کس طرح اور کس لئے آیا ہے ؟

گل شہزادی ! میں عادل شاہ کا تنہا وارث آپ کی زیارت کے لئے حاضر ہوا ہوں ۔

یہ عادل شاہ کون ہیں ؟

عادل شاہ سات سمندر پار کا ایک انصاف پرور بادشاہ ہے ۔

ہوسکتا ہے مگر میں نے تو کبھی نہیں سُنا ؟

آپ کو تو اپنی ریاست کا بھی حال معلوم نہیں ۔ ساتویں محل کے اندر قید رہنے والی ایک شہزادی کو باہر کی کیا خبر ؟

تو میں آپ کی لگتا ہوں میں قید ہوں ؟

ہوسکتا ہے ، آپ کی خوش فہمی اِسے آزادی تصور کرے لیکن .....

لیکن آپ کا یہاں آنا ، جان کی بازی لگانا کیا معنی رکھتا ہے ؟

آپ کی کافی تعریفیں سُنی تھیں ، دل بے قرار ہو اُٹھا ، سوچا دیکھ لوں صرف ایک نظر دیکھ لوں اور ....

اور یہاں تک چلے آئے ۔ لیکن کیسے ؟

یہی تو راز ہے ۔

راز ہے ؟

جی ہاں، میرے پاس ایک ایسی اُڑن طشتری ہے جس کے سہارے میں دنیا کے کسی کونے میں جا سکتا ہوں۔

اُڑن طشتری ہے، حیرت ہے۔

حیرت کی بات ہی تو ہے کہ میں تین بار آپ کی خواب گاہ میں حاضر ہو چکا ہوں۔

تین بار ؟

جی ہاں۔ پہلی رات ایک رومال چھوڑ گیا تھا اور دوسری رات اپنی انگوٹھی۔ نشانی کے طور پر میرے پاس بھی آپ کی وہ دونوں چیزیں موجود ہیں۔

اور اُسی دن سے میرا وزن روزانہ نو پھول کے حساب سے بڑھنے لگا۔

ہاں شاید۔

لیکن آپ کو مجھ سے متعلق خبریں کیسے ملیں ؟

مالن سے۔

تو کیا مالن آپ کی اصلیت جانتی ہے ؟

نہیں، صرف اسی قدر کہ میں ایک مسافر ہوں۔

تو مالن نے یہ بھی بتایا ہوگا کہ مجھے حاصل کرنے کے لئے کیا شرائط ہیں؟

ہاں، عاقل شاہ کے تین بے تکے شرط ہیں۔ تربوز کو گھڑا میں بند کرنا، ریاست کے پہاڑ کو سمندر میں ڈالنا اور چاند کو محل کے صحن میں اُتارنا۔

تو کیا، آپ اِن تینوں سوالوں کو پورا کر سکیں گے ؟

وہ تو وقت ہی بتلائے گا۔

اور آپ کی اس حرکت پر آپ کی گردن اُڑا دی جا سکتی ہے۔ اے مسافر شہزادے مجھے آپ سے ہمدردی ہے۔ اپنے ارادے سے باز آجائیے۔

اور اسی درمیان محل کی چھت سے ایک بڑا سا پنجرہ گرا اور شہزادہ اقبال مند کو اپنے اندر لے لیا۔ اب شہزادہ اقبال مند گرفتار ہو گیا تھا۔

تو کیا یہ شہزادی کی چال تھی، اُسی نے گرفتار کروایا۔؟ مہ جبیں نے شک ظاہر کیا۔

نہیں بیٹے! گُل شہزادی کے دل میں تو شہزادہ اقبال مند کے لئے ہمدردی پیدا ہو گئی تھی، وہ کیسے گرفتار کرواتی۔

تو پھر۔؟ امتیاز نے حیرت سے کہا۔

یہی تو بات ہے۔ اگرچہ گُل شہزادی اپنے ساتویں محل میں رہتی تھی لیکن عاقل شاہ اس سے غافل بھی نہیں تھا۔ جب اس کا وزن بڑھنے لگا تو عاقل شاہ کی عورت جاسوس جو اس کی خدمتگار بھی تھیں، پَل پَل کی خبر دینے لگیں۔ یہی نہیں بلکہ عاقل شاہ کے پاس ایک ایسا آلہ بھی تھا جس کے ذریعہ وہ اس محل کا پورا سین دیکھ سکتا تھا۔

یہ کیسے ممکن ہے؟ سرفراز نے بڑے ہی تعجب سے کہا۔

کیوں نہیں۔ کیا اس طرح کا آلہ آج ہمارے پاس موجود نہیں۔ ٹی وی بھی تو اسی طرح کا ایک آلہ ہے۔

وہ تو ٹھیک ہے مگر اقبال مند پنجرے میں کیسے پھنسا؟ امتیاز نے حیرت سے کہا۔

ہاں بچو! اسے بھی سمجھ لو۔ وہ محل ہی اس انداز سے عاقل شاہ نے بنوایا تھا کہ بٹن دباتے ہی چھت میں نصب پنجرہ پھیل کر اپنے دشمن کو گرفت میں لے لے۔ عاقل شاہ تو اس محل کا پورا سین دیکھ ہی رہا تھا۔ جب اُس نے اندازہ لگالیا کہ شہزادہ اقبال مند اس پنجرے کی زَد میں آچکا ہے تو عاقل شاہ نے بٹن دبادیا اور وہ پھیل کر اس پر اس طرح گرا کہ وہ اسی کے اندر قید ہوگیا۔

دوسرے دن عاقل شاہ کے دربار میں اس انجان مسافر کی قسمت کا فیصلہ سننے کے لئے بہت سے لوگ جمع تھے۔ عاقل شاہ نے اپنے وزیروں سے مشورہ طلب کیا۔ سب کی رائے ایک ہی تھی کہ اس سنگین جرم کرنے والے انجان مسافر کو سزائے موت دی جائے۔ عاقل شاہ بھی یہی چاہتا تھا، وہ تو غصہ سے آگ بولا ہوا جارہا تھا۔ اپنے وزیروں کے مشورہ کو قبول کرتے ہوئے اس نے اقبال مند کو پھانسی کا حکم دے دیا۔ اس فیصلہ کے بعد شہزادہ اقبال مند کی آنکھوں کے سامنے اندھیرا چھاگیا۔ اُسے یہاں سے نکل بھاگنے کی کوئی صورت نظر نہیں آرہی تھی۔ اس کا وہ ہوائی گھوڑا جس کے ذریعہ وہ گُل شہزادی کے محل تک پہنچا کرتا تھا وہ تو گُل شہزادی کے محل کی اوپری منزل پر ہی تھا۔ اس کی گرفتاری اس قدر

رازدارانہ طور پر برقی پنجڑے سے ہوئی تھی کہ اس کو اپنے گلدستہ تک پہنچنے کی مہلت ہی نہیں ملی۔ جب جلاد اسے پھانسی کے تختہ پر لے جانے لگا تو جیسا کہ سزائے موت پانے والے مجرموں سے اس کی آخری خواہش دریافت کی جاتی ہے، اس سے بھی پوچھا گیا، اب اسے یہاں سے فرار ہونے کی ایک ہلکی سی کرن دکھائی دی۔ اس نے کہا کہ میری خواہش ہے کہ میں گھوڑے پر سوار ہو کر پھانسی کے تختہ تک جاؤں۔ اگر یہ ممکن ہو تو مجھے اس کی اجازت دی جائے۔ شہزادہ اقبال مند نے اسی لئے یہ خواہش ظاہر کی تھی چونکہ وہ گھوڑ سواری میں ماہر تھا۔ عاقل شاہ نے اسکی آخری خواہش کا احترام کرتے ہوئے اس کی اجازت دیدی۔ وہ تو سمجھ رہا تھا کہ بھرے دربار سے شاہی فوج کی موجودگی میں بھلا یہ کہاں بھاگ سکتا ہے؟ اسے شاہی گھوڑا دیا گیا۔ پہلے تو وہ گھوڑے پر سوار ہو کر آہستگی سے قدم قدم بڑھانا شروع کیا۔ وہ نہیں چاہتا تھا کہ اس کے ارادے کو لوگ بھانپ جائیں۔ اپنی جلد بازی سے وہ اس آخری موقعہ کو کھونا بھی نہیں چاہتا تھا۔ پھر لگام تھامے اس گھوڑے کا سائیس کے علاوہ آگے پیچھے دائیں بائیں لوگوں کا ہجوم بھی تھا۔ لیکن کچھ دور اسی طرح چلتے رہنے کے بعد اسے اندازہ ہوگیا کہ سائیس اور اردگرد کے لوگوں کا دھیان اس کی طرف سے ہٹ چکا ہے تو اُس نے یکایک گھوڑے کی لگام کو جھٹکا دے کر ایسی ایڑ لگائی کہ گھوڑا بدک کر الف ہوگیا (پچھلی دونوں ٹانگوں پر کھڑا ہوگیا) سائیس کے ہاتھ

سے لگام چھوٹ گئی اور ہجوم کے لوگ خوف سے اِدھر اُدھر بکھر گئے۔ گھوڑا اپنی پچھلی ٹانگوں پر چند قدم چلنے کے بعد اس قدر سرپٹ بھاگا کہ وہ گرفت میں نہ آسکا۔ لوگ ششدر تھے۔ فوجوں کو حکم ہوا مگر وہ تو نظروں سے اوجھل ہوچکا تھا۔

بچو! اب تم لوگ سوجاؤ۔ کافی رات گذر چکی ہے، باقی کہانی کل ہوگی۔

لیکن یہ تو بتا دیجئے کہ شہزادہ اقبال مند گھوڑے پر کہاں اُڑن چھو ہوگیا۔ مہ جبیں نے کہا۔

کہا نا۔ باقی کہانی کل ہوگی۔ اچھے بچے ضد نہیں کرتے۔ اب سوجاؤ۔

سب بچے اس خوف سے اپنے اپنے بستر پر چلے گئے کہ کہیں دادی اماں ناخوش نہ ہوجائیں اور یہ مزیدار کہانی ادھوری ہی نہ رہ جائے۔

۵

دوسرے دن شام سے ہی بچے آپس میں سرگوشیاں کرنے لگے تھے اور دادی اماں کے موڈ کا بھی جائزہ لے رہے تھے۔ کسی نے وضو کے لئے پانی لاکر دیا تو کوئی امّی جان سے زبردستی چائے بنوا کر ان کی خدمت میں پیش کیا۔ جب ہر طرف سے دادی اماں کو مطمئن پایا تو سب بچے ایک ایک کر کے ان کے قریب ہو لئے اور پھر کہانی پوری کرنے کی فرمائش کی۔ کچھ دیر خاموش رہنے کے بعد دادی امّاں نے مہ جبیں کو مخاطب کیا۔

ہاں، تو تم کہہ رہی تھی کہ شہزادہ اقبال مند کہاں اُڑن چھو ہو گیا۔ اس سے آگے سنو۔

جب شہزادہ اقبال مند دربار سے گھوڑے کو سرپٹ بھگا رہا تھا

تو وہ مُڑ مُڑ کر پیچھے بھی دیکھتا جاتا تھا کہ کوئی اس کا پیچھا تو نہیں کر رہا ہے۔ جب اسے پوری طرح اطمینان ہوگیا تو وہ شاہی گھوڑے سے اُتر کر اسے عاقل شاہ کے دربار ہی کی طرف ہانک دیا اور قریب ہی کے ایک گھنے باغ میں جا گھسا جس جگہ سے وہ پھلواری نزدیک تھی۔ جہاں اس کا ٹھکانا تھا۔ پھر مالن اس کے پاس آئی اور دربار میں ایک اجنبی مسافر کی گرفتاری اور پھر اس کے فرار ہونے کا واقعہ بیان کیا۔ اور اس نے یہ بھی اطلاع دی کہ اب عاقل شاہ تو اور بھی آگ بولا ہے۔ اُس نے اپنی سلطنت میں یہ ڈھنڈورا پٹوادیا ہے کہ اس اجنبی مسافر کو گرفتار کرنے والے شخص کو دس ہزار اشرفیاں انعام میں دے گا۔

تو کیا عاقل شاہ اُس اجنبی مسافر کو گرفتار کرلے گا؟

کیوں نہیں۔ وہ اس سلطنت سے باہر کہاں جاسکتا ہے؟ سلطنت کی سرحدوں پر فوجی پہرے بٹھا دیئے گئے ہیں۔

تو کیا، واقعی وہ گرفتار کرنے والے شخص کو دس ہزار اشرفیاں انعام میں دے گا؟

بالکل۔ عاقل شاہ کا وعدہ وعدہ ہے اس سلطنت کا بچہ بچہ جانتا ہے۔

لیکن گرفتاری کے بعد اس اجنبی کا انجام کیا ہوگا؟

وہی ۔۔ سزائے موت؟

یہی تو افسوس ہے۔ اگر وہ اپنے فیصلے کو واپس لے لے، اس اجنبی

کو سزائے موت سے بَری کردے تو تم اسے عاقل شاہ کے سامنے پیش کر سکتی ہو؟

میں۔؟ یہ کیسے ممکن ہے؟ مالن نے حیرت سے کہا۔

ہاں تم۔ میں جانتا ہوں، اُس اجنبی کے ہر راز سے واقف ہوں اور میں اُسے گرفتار کروانے میں تمہاری مدد بھی کروں گا۔

لیکن میں اُسے عاقل شاہ کے سامنے کیسے پیش کروں گی۔ یہ کوئی ضروری نہیں کہ عاقل شاہ اُسے معاف ہی کردے۔ نہیں، نہیں۔ یہ مجھ سے نہیں ہوگا۔

لیکن انعام میں دس ہزار اشرفیاں بھی تو ملیں گی۔

اور میں ان اشرفیوں کی خاطر کسی معصوم کی جان لے لوں۔ اُس نے میرا کیا بگاڑا ہے؟

تو ٹھیک ہے میں عاقل شاہ کو جاکر کہے دیتا ہوں کہ شاہی مالن ہی نے اُس اجنبی کو چھپا رکھا ہے۔

لیکن یہ جھوٹ ہے۔

یہ سچ ہے مالن، بالکل سچ۔ وہ اجنبی مسافر میں ہوں۔ صرف میں۔

حیرت سے مالن کی آنکھیں کھلی کی کھلی رہ گئیں اور کچھ دیر کے بعد اس نے بڑے ہی دلجمعی کے ساتھ کہا۔ اگر یہ سچ ہے تو میں اپنے مہمان کی جان بچانے کے لئے ہر ممکن کوشش کروں گی۔ اپنی جان کے بدلے آپ کی زندگی کا سودا کروں گی۔

تو چلو۔ میں بھی چلتا ہوں۔

نہیں ۔ آپ کا جانا خطرے سے خالی نہیں۔ کہیں آپ پہچان لئے نہ جائیں۔

یہ ممکن ہی نہیں ہے۔ اس لئے کہ جس وقت میں گرفتار ہوا تھا اُس وقت میں بھیس بدلے ہوئے تھا۔ مجھ پر لوگوں کو شک بھی نہ ہوگا۔ کیا تم نے اس اجنبی کو گرفتاری کے بعد نہیں دیکھا تھا؟

ہاں دیکھا تو تھا؟

تو پھر مجھے پہچانا کیوں نہیں؟

پھر بھی مجھے ڈر لگ رہا ہے۔ آپ اپنی جان کو جوکھم میں نہ ڈالئے۔

نہیں ــ میں خود عاقل شاہ کے فیصلے کو اپنے کانوں سے سُننا چاہتا ہوں۔ لیکن میں وعدہ کرتا ہوں کہ جب تک عاقل شاہ اپنے حکم کو واپس نہ لے گا میں خود کو ظاہر نہ کروں گا۔

دوسرے دن عاقل شاہ کے دربار میں مالن اور شہزادہ اقبال مند حاضر ہوئے۔ مالن نے چوب دار سے خبر بھجوائی کہ وہ ملنا چاہتی ہے۔ عاقل شاہ نے اُسے دربار میں طلب کیا۔

کیا بات ہے مالن تم کیوں مجھ سے ملنا چاہتی ہو؟

میرے آقا! بہت دنوں سے آپ کا دیدار نہیں ہوا تھا۔ سوچا دیدار کرلوں۔

کیا کوئی خاص بات ہے ؟ شاید تم کچھ فکر مند بھی ہو ۔

ہاں آقا ! جب سلطنت کا بادشاہ ہی فکر مند ہو تو رعایا پر اُس کا اثر تو ہوتا ہی ہے ۔

لیکن تمہیں کس بات کی فکر ہے ؟ میں تو اس اجنبی سے پریشان ہوں ۔ ارے ہاں، میں نے تو پوچھا ہی نہیں کہ یہ تمہارے ساتھ اجنبی کون ہے ؟ کیا یہ تمہارا کوئی رشتہ دار ہے ؟

ہاں آقا ! یہی سمجھ لیجئے ۔ لیکن آپ میری جان بخش دیں تو عرض کروں۔

ہاں، ہاں کہو ۔ کیا بات ہے ؟

آقا ! یہ تو ماننا ہی پڑے گا کہ ....

کہو ۔ رُک کیوں گئی ؟

میری زبان کو آپ کے جاہ وجلال نے روک رکھا ہے آقا ۔

جو کچھ کہنا ہے صاف صاف کہو ۔ تمہاری جان کو امان ہے ۔

تو کیا یہ ممکن نہیں کہ اس عقل مند اجنبی کے جرم کو معاف کردیا جائے ۔ اس کی سزائے موت کو واپس لوٹا لی جائے ۔

تم کہنا کیا چاہتی ہو ؟

یہی کہ وہ اجنبی کس قدر دلیری کے ساتھ شہزادی کے محل تک پہنچتا رہا اور .....

اور اس کی دلیری ہی موت کا سبب ہے ۔

لیکن وہ کافی عقل مند اور چالاک ہے۔ اگر ایسی بات نہ ہوتی تو وہ بھرے دربار سے گھوڑا اُڑا لے جانے میں کامیاب نہ ہوتا۔کیا یہ ممکن نہیں کہ وہ اپنی عقل مندی سے اس سلطنت کی سرحد سے پار ہو جانے میں بھی کامیاب ہو جائے۔

ہوسکتا ہے ،لیکن تم اسے کیوں بچانا چاہتی ہو؟

اس لئے کہ میں اسے قریب سے جانتی ہوں۔

تم اسے جانتی ہو ؟

ہاں آقا ! اچھی طرح ۔ وہ ایک خدا ترس اور انسان دوست ہے۔ اور حد درجہ عقل مند بھی ۔جب آپ کو یہ معلوم ہی ہوگیا ہے کہ اس اجنبی سے میرا کوئی واسطہ ہے تو مجھے یقین ہے کہ اس کی سزائے موت کو برقرار رکھتے ہوئے اس کے عوض مجھے سزائے موت دی جائے گی ۔ لیکن ایک ماں اپنے بیٹے کے لئے سب کچھ قربان کرسکتی ہے جان کی کیا قیمت ہے۔

تو کیا وہ تمہارا بیٹا ہے ؟ لیکن تمہاری تو کوئی بھی اولاد جوان نہیں۔

سچ ہے آقا ! اس سے میرا خون کا کوئی رشتہ نہیں، پھر بھی میرا وہ سب کچھ ہے ۔ اگر میری جان کے عوض اس کی جان بخش دی جائے تو سمجھونگی کہ مجھے انصاف مل گیا۔

تو کیا تم میرے انصاف کو آواز دے رہی ہو ؟

نہیں آقا ! میں تو آپ کے انصاف میں اولاد سے محبت کرنے والا

دل دیکھنا چاہتی ہوں۔

اس لئے کہ تم نے اس اجنبی کو اولاد کے پاکیزہ رشتہ سے جوڑا ہے۔ اور اُسے انسان دوست کا درجہ بھی دیا ہے۔ آخر کیوں؟

آقا، جو شخص اپنی جان کی پروا کئے بغیر کسی کی مدد کی خاطر سزائے موت کو گلے لگانے کے لئے چلا آئے تو کیا وہ انسان دوست نہیں؟ وہ اجنبی جسے میں اچھی طرح جانتی بھی نہیں محض اس لئے یہاں چلا آیا کہ مجھے اس کی گرفتاری کے بعد انعام کی دس ہزار اشرفیاں ملیں گی۔

نہیں آقا! یہ جھوٹ ہے۔ میں آپ کا مجرم ہوں، فرار مجرم۔ مجھے آپ سزائے موت دیکر اسے حسب اعلان انعام کی رقم دی جائے۔

اچھا — تو کیا تم ہی وہ اجنبی ہو؟

ہاں آقا۔

اور میں اتنا سب کچھ سُننے کے بعد بھی تمہیں سزائے موت دیدوں تاکہ میرا نام ظالموں میں لیا جائے۔ جاؤ۔ نوجوان تم آزاد ہو۔ یہ کہہ کر عاقل شاہ نے اپنے شاہی خزانہ سے مالن کو دس ہزار اشرفیاں دینے کا اعلان کیا۔

نہیں آقا — مجھے یہ اشرفیاں نہیں چاہئے۔ مجھے تو میرا انعام مل گیا۔ اس اجنبی کی جان آپ نے بخش دی۔ اس سے بڑا اور انعام کیا ہو سکتا ہے؟

شاہی اعلان اور شاہی وعدہ کو کمزور نہ کرو مالن۔ تمہیں اسے قبول

کرنا ہوگا۔

آفریں ۔۔ مجھے عاقل شاہ کے انصاف میں عادل شاہ کا عدل نظر آرہا ہے۔

یہ عادل شاہ کون ہے نوجوان ؟

سات سمندر پار کا ایک انصاف پرور راجا۔

اور تم ۔۔ ؟

میں اُسی عادل شاہ کا بدنصیب تنہا وارث ہوں۔ شہزادہ اقبال مند۔

یعنی عادل شاہ کا ولی عہد، سات سمندر پار کے بادشاہ کا جانشیں؟

صحیح فرمایا آپ نے۔

حیرت ہے اتنی دور دراز کا سفر تم نے کس طرح طے کیا ؟

ہوائی گھوڑے پر سوار ہو کر عالی جناب۔

ہوائی گھوڑا پر ۔۔ یہ کیسے ممکن ہے ؟

کیوں نہیں۔ جب آپ اپنے محل کو اپنے کمرہ ہی میں بیٹھے بیٹھے دیکھ سکتے ہیں، برقی پنجڑے کا کامیاب استعمال کر سکتے ہیں تو یہ بھی ممکن ہے۔

لیکن اس کا ثبوت ؟ کیا تم اس کا مظاہرہ کر سکتے ہو ؟

کیوں نہیں۔ گُل شہزادی کے محل پر وہ ہوائی گھوڑا ایک گوشہ میں اگرچہ محفوظ ہوگا۔ مجھے اجازت دیجئے تاکہ میں یہاں پلک جھپکتے ہی دوبارہ اُسی ہوائی گھوڑا پر سوار ہو کر آپ کی خدمت میں حاضر ہو جاؤں۔

تمہیں اجازت ہے۔

اور پھر شہزادہ اقبال مند گُل شہزادی کے محل تک پہنچ کر اس گلدستہ کو گھوڑے کی شکل دی' اُس پر بیٹھا اور اس کے کان میں دھیرے سے کہا۔" اے پھولوں سے بنے ہوئے مصنوعی گھوڑے مجھے عاقل شاہ کے دربار تک لے چل ۔" گھوڑا اُڑا اور پلک جھپکتے ہی دربار میں حاضر ہوگیا۔ سبھی لوگ حیرت زدہ تھے۔ شہزادہ اقبال مند کے اس مظاہرہ سے عاقل شاہ اس قدر خوش ہوا کہ اسے مہمان خاص کا درجہ دیا۔

شہزادہ اقبال مند۔ یقیناً تم اقبال مند ہو۔ اگر تم شاہی مہمان ہونا قبول کرلو تو مجھے بے حد خوشی ہوگی۔

یہ آپ کی ذرّہ نوازی ہے آقا۔ لیکن میری ماں ؟ میں اسے چھوڑ کر یہاں کیسے رہ سکتا ہوں۔

تمہاری ماں ؟

ہاں آقا' جس نے دس ہزار اشرفیاں ہی نہیں ٹھکرائی بلکہ میری جان بچانے کی خاطر اپنی جان کی بازی لگادی۔ مجھ پر خود کو قربان کرنا چاہا۔ میں اُس ممتا کو کیسے فراموش کردوں۔

شہزادے ! واقعی تمہارے دل میں انسانیت کا جذبہ کُوٹ کوٹ کر بھرا ہے۔ یقیناً تم ایک انسان دوست ہو۔ میں تمہیں مجبور نہیں

کروں گا۔ تمہیں اختیار ہے۔ لیکن اگلے ماہ شہزادی اپنے لئے شوہر انتخاب کرے گی۔ تمہیں بھی اس میں حصہ لینے کا اختیار ہے۔ اور مجھے یقین ہے کہ تم اپنی دانائی سے اس میں ضرور کامیاب ہوگے۔ میری دعائیں تمہارے ساتھ ہیں۔

ایسا ہی ہوگا آقا! انشاء اللہ آپ کی توقع پر پورا اترنے کی کوشش کروں گا۔

رات کے گیارہ بج رہے تھے۔ دادی امّاں نے بچوں کو سوجانے کا حکم دیا اور بچے اپنے اپنے بستر پر چلے گئے۔

۶

باقی کہانی شروع کرتے ہوئے دادی امّاں نے کہا کہ ۔ ایک ماہ بعد مقرّرہ تاریخ پر عاقل شاہ کے تمام محلوں میں کافی رونق تھی۔ سبھی محل دُلہن بنے ہوئے تھے۔ ایک سے ایک خوبصورت نواب زادے اور امیر زادے قرینے سے سج دھج کر بیٹھے تھے ۔ دربار عام میں ہزاروں لوگ جمع تھے۔ چوب دار نے بہ آوازِ بلند عاقل شاہ کے آنے کا اعلان کیا۔ سب لوگ ادب سے کھڑے ہوگئے۔

لیکن سب کھڑے کیوں ہوئے ؟ امتیاز نے ٹوکا۔

ارے یہ بھی استقبال کا ایک طریقہ ہے۔ کیا تم اپنے کلاس میں ٹیچر کے آنے پر کھڑے نہیں ہوتے ہو ؟

ہاں دادی امّاں ۔ ہم لوگ بھی کھڑے ہو جاتے ہیں ۔ سرفراز نے حامی بھری ۔

اس کے بعد دادی اماں نے کہانی کو آگے بڑھایا ۔ عاقل شاہ کے بیٹھنے کے بعد دربار میں سب لوگ اپنی اپنی جگہ پر بیٹھ گئے ۔ اب شاہی اعلان ہوا ۔ باآواز بلند سوالوں کو دُہرایا گیا ۔ یہ بھی اعلان کیا گیا کہ تین سوال کے جواب میں کم سے کم دو کا تشفّی بخش جواب ہو ۔ لیکن تینوں سوال کے جواب دینے والے کو اولیت دی جائے گی ۔ لیکن ایک سے زیادہ کامیاب ہو جانے والوں کا فیصلہ بعد میں فن سپہ گیری اور گھوڑسواری سے کیا جائے گا ۔

اعلان :۔ " ہے کوئی ایسا عقل مند جو تربوز کو گھڑا میں بند کر سکے لیکن خیال رہے کہ گھڑا ٹوٹنے نہ پائے ۔"

سب لوگ حیرت زدہ تھے ۔ آپس میں سرگوشیاں کرنے لگے تھے باری باری سے ہر کسی سے دریافت کیا گیا مگر کسی نے خاطر خواہ جواب نہ دیا ۔ آخر میں شہزادہ اقبال مند کی باری تھی ۔ اس سے بھی دریافت کیا گیا ۔ اس نے کہا ۔

جناب عالی ! تربوز کو گھڑا میں بند کرنے کے لئے مجھے کم سے کم تین ماہ کی مہلت چاہیے ۔

یہ تین ماہ کی مہلت کیوں ؟ کیا اس وقت ممکن نہیں ؟

نہیں آقا۔ ناممکن ہے۔

توکیا تم اسے لفظوں میں بیان کرسکتے ہو؟ کہ تین ماہ میں کس طرح اسے گھڑے میں بند کرنے میں کامیاب ہو سکو گے؟

بے شک مجھے اپنے مقصد تک پہنچنے کے لئے پہلے تربوز کے پودے لگانے ہوں گے، پودے اُگ آنے کے بعد جب اس میں چھوٹے چھوٹے پھل آئیں گے تو میں اُسے گھڑے کے اندر رکھ دوں گا۔ وہ پھل وقت گذرنے کے ساتھ ہی ساتھ گھڑے میں ہی بڑھتے رہیں گے۔ یہاں تک کہ وہ بڑھ کر گھڑے کے برابر ہو جائیں گے۔

شاباش نوجوان! تمہارا جواب صحیح ہے۔ عاقل شاہ نے خوش ہو کر کہا۔

سب لوگ اس کے جواب سے مطمئن تھے۔ اس کی عقل مندی کی داد دے رہے تھے۔ اب دوسرے سوال کا اعلان ہوا۔

اعلان :۔ "ریاست کے اس پہاڑ کو سمندر میں ڈال دینا ہے۔ کیا اسے کوئی ممکن کر دکھلائے گا یا تشفی بخش جواب دے گا؟"

یہ سوال تو اور بھی بے تکا تھا، بھلا اب کس میں ہمت تھی کہ جواب کے لئے اُٹھے۔ وہ تو پہلے ہی سوال کی ناکامیابی پر مایوس ہو چکے تھے۔ سب لوگ شہزادہ اقبال مند کی جانب دیکھنے لگے کہ دیکھیں اسے کس طرح وہ پورا کر پاتا ہے۔ شہزادہ اقبال مند مسکراتا ہوا اُٹھا اور عاقل شاہ سے مخاطب ہوا۔

آقا ! اس کام کے لئے اپنی فوج کو حکم دینا ہوگا کہ اس پہاڑ تک چلیں تاکہ میں اُسے سمندر میں ڈال آؤں ۔

ہماری فوج کیوں جائے گی ؟ یہ کام تو تمہیں ہی کرنا ہے ۔

ہاں آقا — یہ کام تو مجھے ہی کرنا ہے لیکن بوجھ کو اٹھانے کے لئے دوسروں کی مدد درکار ہوتی ہے ۔ ایک معمولی گٹھری کو اٹھانے کے لئے بھی سہارے کی ضرورت ہوتی ہے پھر یہ تو پہاڑ ہی ہے ۔ آپ حکم دیں کہ آپکی فوج اس پہاڑ کو میرے سر پر اُٹھا کر رکھ دے ۔ اگر ایسا کرنے میں یہ کامیاب ہو گئے تو میں یقینی طور پر اسے سمندر میں ڈال آؤں گا ۔ اس نے مسکراتے ہوئے کہا ۔

خوب ، بہت خوب ۔ تمہارا جواب حق بجانب ہے ۔

اس کے جواب اور سوجھ بوجھ سے دربار میں آفریں اور شاباش کی آوازیں گونجنے لگی تھیں ۔ تبھی تیسرے سوال کا اعلان ہوا ۔

اعلان :۔ "وہ چاند جو آسمان میں چمک رہا ہے اُسے محل کے اس صحن میں اُتارا جانا ہے ۔" لیکن اس سوال کا جواب کسی بھی دوسرے کو دینے کا حق نہیں چونکہ اعلان کے مطابق شہزادہ اقبال مند کے علاوہ کوئی دوسرا امیدوار میدان میں ثابت قدم نہیں ۔ شہزادہ اقبال مند یقینی طور پر کامیاب ہیں ۔ چونکہ یہ اس سلطنت سے باہر کے ہیں اس لئے اس آخری سوال کا جواب بھی دینا ان کے لئے لازمی ہے ۔ اب دیکھنا یہ ہے کہ

شہزادہ اقبال منداپنی دانائی سے کامیاب ہوتے ہیں یا پھر دوسرے انتخاب میں حصّہ لینے کی تیاری میں لگ جاتے ہیں۔ سبھی کی آنکھیں شہزادہ اقبال مند پر جمی تھیں۔ اقبال مند اپنے شامل ایک بڑا سا طشت لایا تھا جو خوان پوش سے ڈھکا ہوا تھا۔ وہ اپنی جگہ سے اُٹھا اور دھیرے دھیرے بڑی ہی شان سے عاقل شاہ تک پہنچا۔ اس نے بڑی ہی عاجزی کے ساتھ کہا۔

آقا! میں نے آسمان سے چاند صحن میں اُتار لایا ہے۔ آپ چاہیں تو اسے ہٹا کر دیکھ سکتے ہیں۔

شہزادہ اقبال مند کے اس جملے پر لوگوں کی نگاہیں آسمان کی جانب اُٹھیں مگر وہاں تو آسمان کے بیچوں بیچ چودہویں کا چاند آب و تاب سے لٹکا ہوا تھا۔ پھر تمام حاضرین کی نگاہیں اس خوان پوش کی جانب لوٹ آئیں۔ انہیں شہزادہ اقبال مند کا دعویٰ بے بنیاد لگ رہا تھا۔ مگر انہیں یہ بھی احساس تھا کہ اب تک جو دو سوال کو اس نے حل کیا ہے وہ صحیح ثابت ہوئے۔ ہوسکتا ہے اس بات میں بھی شہزادہ اقبال مند کی دانائی چھُپی ہوئی ہو۔ اور جب عاقل شاہ نے طشت سے خوان پوش ہٹایا تو آسمان کا چاند اس طشت میں اُتر چکا تھا۔ سب لوگ اس کی دانائی کی داد دے رہے تھے۔

لیکن طشت میں چاند کیسے آسکتا ہے۔ سرفراز نے حیرت سے کہا۔

کیا تم لوگ اس کی تہہ تک نہیں پہنچ سکے۔ بات صاف ہے۔

یہ تمام مظاہرہ کھلے صحن میں ہو رہا تھا۔ آسمان میں چودہویں کا پورا چاند بڑے ہی آب و تاب کے ساتھ چمک رہا تھا۔ جب عاقل شاہ نے خوان پوش ہٹایا تو چاند کا عکس طشت میں صاف دکھائی دے رہا تھا اس لئے کہ طشت پانی سے بھرا ہوا تھا۔

اوہ، یہ بات ہے۔ یہ تو میں بھی کر سکتا ہوں۔ امتیاز نے دعویٰ کیا۔

لیکن یہ تو چاند کو اُتارنا نہیں ہوا۔ مہ جبیں نے شک ظاہر کیا۔

کیوں نہیں۔ جیسا سوال ویسا جواب۔ عاقل شاہ تو سوجھ بوجھ کا امتحان لے رہا تھا۔

پھر کیا ہوا دادی اماں۔۔؟ سرفراز نے کہا۔

پھر عاقل شاہ نے اعلان کے مطابق گل شہزادی کی شادی اقبال مند کے ساتھ بڑی ہی دھوم دھام سے کردی۔ شہزادی کا وہی محل خلعت و انعام کے ساتھ شہزادہ اقبال مند کو دیدیا گیا۔

تو کیا شہزادہ اقبال مند کے ساتھ اُس محل میں شہزادی نہیں رہ سکتی تھی۔

کس محل میں ؟

مالن کے ساتھ۔

مالن کے پاس محل کہاں تھا ؟ وہ بے چاری تو معمولی جھونپڑے میں رہا کرتی تھی۔

تو کیا مالن کو اُسی جھونپڑے میں چھوڑ کر شہزادہ اقبال مند محل میں رہنے لگا؟

نہیں، وہ اُسے کیسے چھوڑ سکتا تھا۔ وہ تو اُس کی مُنہ بولی ماں تھی۔ وہ اُسے ماں کا درجہ دیتا تھا۔ اُس نے مالن اور اس کے بچوں کو اُسی محل میں لے آیا اور شامل رہنے لگا۔

اب کافی دیر ہو چکی ہے۔ رات بھیگتی جارہی ہے۔ جاؤ اب تم لوگ سو جاؤ۔

لیکن دادی امّاں۔ رات بھیگتی کیسے ہے۔ میری سمجھ میں یہ بات نہیں آئی۔ امتیاز نے ٹوکا۔

ہاں بیٹے۔ تم نے ٹھیک ہی سوال کیا۔ بہت سے لوگوں کو اس طرح کہتے سُنا ہوگا۔ جب رات آدھی سے زیادہ گزر جاتی ہے تو اس طرح بولا جاتا ہے۔ رات بھیگ گئی ہے یعنی رات زیادہ ہو چکی ہے۔

اور پھر بچّے اپنے خواب کی دنیا میں چلے گئے۔

۷

دوسری شام بچے دادی امّاں کے قریب آئے مگر انہیں کہانی کے اس حصّے کا خیال آیا کہ آخر جُمّن اور کلّن کا کیا ہوا۔ بچے آپس میں گفتگو کر رہے تھے کہ دادی امّاں کو اس طرف اشارہ کریں۔ جیسے ہی دادی امّاں نے کہانی شروع کرنی چاہی تو امتیاز نے کہا۔

دادی امّاں! آپ نے جمّن اور کلّن کے بارے میں تو بتایا ہی نہیں کہ ان دونوں کا کیا ہوا۔ ان میں سے کون انعام کا حق دار ہوا؟

ارے ہاں۔ میں تو بھول ہی گئی تھی۔ پہلے یہی کہہ دوں ـــــ جب شہزادہ اقبال مند کلّن کے اس مصنوعی گھوڑے کو لے کر اُڑا تو لوگ حیرت زدہ تھے اور اس کی کاریگری پر خوش بھی مگر جیسے جیسے

وقت گزرتا گیا لوگوں میں بے چینی بڑھنے لگی۔ عادل شاہ کافی پریشان تھا یہاں تک کہ دن ڈھل کر شام ہوگئی۔ ان دونوں کو قید خانے میں ڈال دیا گیا اور شاہی فوج سلطنت کے چپہ چپہ میں شہزادہ اقبال مند کو تلاش کرنے کے لئے پھیل گئی۔ دوسرے دن عادل شاہ نے یہ بھی اعلان کردایا کہ جو کوئی شہزادہ اقبال مند کا آتا پتا بتادے گا اُسے انعام و اکرام سے نوازا جائے گا۔ مگر ایک ہفتہ بعد بھی وہ نہ لوٹا اور نہ ہی اس کی کوئی خبر ملی تو عادل شاہ غصّہ سے آگ بھولا ہوگیا۔ جمّن اور کلّن کو دربار میں طلب کیا۔ ان دونوں کو جادوگر قرار دیا اور شہزادہ اقبال مند کو غائب کرنے کے جُرم میں سزائے موت کا حکم صادر کیا۔ لیکن جمّن بڑا ہی چالاک تھا۔ اُس نے گڑگڑاتے ہوئے کہا۔

آقا! آپ کا حکم سر آنکھوں پر، آپ کے انصاف کی شہرت دُور دُور تک پھیلی ہوئی ہے۔ کہیں ایسا نہ ہو کہ آپ کے عدل و انصاف پر لوگ انگلیاں اٹھانے لگیں۔

کس میں اتنی ہمّت ہے کہ عادل شاہ کے انصاف پر شک ظاہر کرے۔ کیا تم لوگ گردن اُڑا دینے کے قابل نہیں ہو۔

ہوں آقا۔ لیکن....

لیکن کیا۔؟

آج میں آپ کے انصاف پر شک ظاہر کر رہا ہوں۔ یہ بات

بھرے دربار میں کہہ رہا ہوں۔ کل یہی بات رعایا کہے گی اور اس کے چرچے عام ہوں گے۔

خبردار، بدتمیز۔ تمہاری یہ جرأت۔

غصہ حرام ہے آقا۔ میں مانتا ہوں کہ ہم لوگ سزائے موت کے مستحق ہیں اگر آج ہمیں سزائے موت دیدی گئی تو کل کیا ہوگا؟

کل کیا ہوگا؟ عادل شاہ نے غصہ سے بھر کر کہا۔

یہی کہ زندگی کے کسی گوشہ میں اگر شہزادہ اقبال مند لوٹ کر آ گئے (ان کا اقبال بلند رہے) تو اس وقت آپ کو ندامت ہوگی اور آپ کی ناانصافی کے چرچے ہوں گے۔ کیا یہ ممکن نہیں کہ ہمیں عمر قید کی سزا دی جائے تاوقتیکہ وہ لوٹ کر نہ آ جائیں۔

جمن! واقعی تم نے ٹھیک ہی کہا۔ ایک باپ کا گھائل دل تو یہی کہتا ہے کہ تمہارے سر دھڑ سے الگ کردوں مگر انصاف کا تقاضہ یہ نہیں۔ غم و غصہ کی حالت میں یقیناً غلط قدم اٹھانے جارہا تھا۔ اور پھر جمن کی باتوں کو حق بجانب قرار دیتے ہوئے ان دونوں کی سزائے موت کو عمر قید کی سزا میں بدل دیا گیا۔ اور انہیں قید خانہ میں ڈال دیا گیا۔

اتنا کہہ کر دادی اماں خاموش ہوگئیں۔ شاید وہ کہانی کا وہ پلاٹ تلاش کررہی تھیں جہاں سے عادل شاہ کے دربار میں لوٹ کر آ گئی تھیں۔ انہوں نے ذہن پر زور دیتے ہوئے کہا۔ گُل شہزادی اور شہزادہ اقبال مند

کی زندگی خوشی خوشی گزرنے لگی ۔ یہاں تک کہ آٹھ سال کا عرصہ بیت گیا۔ اس عرصہ میں گل شہزادی سے دو بیٹے ہوئے ۔ دونوں بہت ہی خوبصورت تھے بالکل گل شہزادی کی شکل کے ۔ بڑا چھ سال کا تھا اور چھوٹا چار سال کا ۔ ایک دن شہزادہ اقبال مند نے اپنے والد عادل شاہ کو خواب میں دیکھا کہ وہ بہت بیمار ہیں اور اس بیماری کی حالت میں بار بار شہزادہ اقبال مند کو آواز دے رہے ہیں اس کی آنکھیں کھل گئیں۔ بے حد پریشان ہوا ۔باپ کے پیار و محبت کی کشش نے اسے ایک پل چین لینے نہ دیا ۔ آخر کار وہ عاقل شاہ کی خدمت میں حاضر ہوا اور گل شہزادی کو ساتھ لیکر اپنے وطن لوٹنے کی خواہش ظاہر کی ۔ عاقل شاہ نے اسے بادلِ نخواستہ اجازت دیدی اور ایک دن ایک سو ناؤ، دوسو مضبوط اور طاقت ور ملاحوں کے ساتھ سمندر کے کنارے پہنچا ۔ یہاں آکر شہزادہ اقبال مند نے گلدستہ کو گھوڑے کی شکل دی اس پر خود بیٹھا، گل شہزادی کو بیٹھایا اور اپنے اور گل شہزادی کے درمیان دونوں بچوں کو بہت ہی احتیاط سے بٹھایا ۔ اب اس نے ملاحوں اور سبھی آئے ہوئے خادموں کو حکم دیا کہ یہاں سے لوٹ جائیں ۔ جس کے پاس جو بھی سامان ہے وہ اُسی کی ملکیت ہے اور اِسی کے ساتھ شہزادہ اقبال مند گھوڑے کے کان میں اپنے وطن لوٹنے کا حکم کیا۔ گھوڑا اُٹھا، ہوا میں معلق ہوا اور پھر ایک سمت اُڑنے لگا۔ وہ لوگ

ملازموں اور ملاحوں کو زمین پر چھوڑ کر آسمان کی سیر کرنے لگے تھے۔ بچے سہمے سہمے تھے۔ گُل شہزادی حیرت بھری نگاہوں سے اپنے وطن کو مُڑ مُڑ کر دیکھتی جاتی تھی۔ جب اس کی سرحد ختم ہونے لگی تو خواہش ظاہر کی کہ پہلی اور آخری بار اپنی سرحد کے پہاڑ سے بہنے والے جھرنے میں غسل کر لیں۔ شہزادہ اقبال مند نے اس کی خواہش کا احترام کیا۔ گھوڑے کو وہیں اتر جانے کا حکم دیا۔ گھوڑا ایک صاف و شفاف جھرنا کے قریب اُتر گیا۔ اس نے گھوڑے کو موڑ کر پھر گلدستہ بنا دیا اور دونوں شہزادوں کو اسی جگہ بیٹھا کر خود گُل شہزادی کے شامل غسل کرنے لگا۔ اِدھر دونوں بچے نابالغ اور ناسمجھ تھے ہی اس گلدستہ کے خوشنما پھولوں کو نوچ کھسوٹ کرنے لگے۔ انہیں پھولوں کو ناؤ کی طرح پانی کی سطح پر بہانے میں بڑا مزہ آرہا تھا۔ گلدستہ سے نوچ کر ایک ایک کر کے بہانے لگے۔ جس کا پھول آگے نکل جاتا وہ خوشی سے اپنی کامیابی پر تالیاں بجاتے۔ کچھ دیر اسی طرح یہ سب کھیلتے رہے کہ ناگاہ شہزادہ اقبال مند کی نظر پانی پر بہتے ہوئے پھولوں پر پڑی۔ وہ دوڑتا ہوا بچوں کے پاس آیا مگر اب تک سب کھیل ختم ہو چکا تھا۔ سارے پھول جو حقیقت میں مصنوعی تھے ضائع ہو چکے تھے یہی نہیں بلکہ گھوڑے کے بچھڑے کی کھال میں جگہ جگہ چھید بھی ہو چکے تھے اب اس میں ہوا محفوظ رہنے کی کوئی گنجائش ہی نہیں تھی۔

اب کیا ہوگا' دادی اماں ۔ شہزادہ اقبال مند کا گھوڑا اُڑ نہیں سکے گا کیا ؟ سبھی بچوں نے ایک ساتھ مل کر افسوس ظاہر کیا۔

ہاں بیٹے، یہیں سے تو شہزادہ اقبال مند کی بدنصیبی شروع ہوتی ہے' وہ لوگ ایسی جگہ پر تھے کہ اوپر آسمان اور نیچے پانی ـــ بہت ہی پریشان ہوئے ۔ کسی طرح پانی کے کنارے کنارے پہاڑی راستوں کو طے کرتے ہوئے کافی دور نکل گئے ۔ چلتے چلتے ایک ایسی جگہ پہنچے جہاں پانی کا پاٹ کچھ کم دکھائی دیا۔ بہت تلاش کے بعد ایک کشتی کا ٹکڑا نظر آیا ، کچھ ہمّت بڑھی ، اسی کے سہارے پار اترنا چاہا۔ مگر مصیبت یہ تھی کہ وہ لوگ چار تھے ، دو بچے ، گُل شہزادی اور خود شہزادہ اقبال مند۔ اگر وہ اکیلا ہوتا تو اُسے کوئی فکر نہیں ہوتی ۔ آخر اس نے یہ طے کیا کہ پہلے ایک ایک کر کے دونوں بچوں کو پار اُتار دے گا پھر گُل شہزادی کو لے کر اُس پار چلا جائے گا۔ سب کو اس طرف لے جانے کے بعد کوئی نہ کوئی راستہ نکل ہی آئے گا ۔ یہی سوچ کر شہزادہ پہلے اپنے دونوں بچوں کو اُس پار لے گیا اور انہیں ہدایت کی کہ میرے واپس آنے تک کہیں نہ جائیں ۔ دونوں کو ایک محفوظ ٹیلا پر بٹھا کر واپس لوٹ رہا تھا کہ ایک بہت ہی بڑی مچھلی نے شہزادہ اقبال مند کو نگل لیا۔

تو کیا اتنی بڑی مچھلی بھی ہوتی ہے۔ سرفراز نے کہا۔

ہاں، بالکل ہوتی ہے ۔ مچھلیاں تو اتنی بڑی بڑی ہوتی ہیں کہ

بڑے بڑے جہاز کو اپنی دُم کی ایک ٹکر سے ٹکڑے ٹکڑے کردیتی ہیں۔شارک اور وہیل اسی طرح کی بڑی بڑی مچھلیاں ہوا کرتی ہیں۔مگر یہ مچھلیاں زیادہ تر سمندر کی نچلی سطح میں رہتی ہیں۔ وہ تو اتفاق کہو یا شہزادہ اقبال مند کی بدنصیبی کہ اسی وقت وہ آگئی اور ہوسکتا ہے کہ وہ بھوکی بھی ہو۔شاید اسی لئے زد میں آتے ہی شہزادہ کو نگل لیا۔

یہ تو بہت بُرا ہوا دادی اماں ۔ امتیاز نے افسوس ظاہر کرتے ہوئے کہا۔

ہاں، بُرا تو ہوا ہی ۔ دادی اماں نے سرد آہ بھرتے ہوئے کہا۔

تبھی مہ جبیں نے کہا۔شہزادہ کے بچوں اور گل شہزادی کا کیا ہوا ؟

ہاں ' یہی تو کہنے جارہی ہوں ۔ اُدھر دونوں بچے اُس پار اپنے والدین کی راہ دیکھ رہے تھے' دن ڈھل کر شام ہوگئی مگر یہ لوگ نہ لوٹے ۔ لوٹتے بھی کیسے ۔شہزادہ اقبال مند کو تو مچھلی نگل گئی اور گل شہزادی اس پار تنہا راہ دیکھتی رہ گئی ۔ اب ان دونوں کے دلوں میں ڈر سمایا ' بچے تھے ہی رونے لگے ، شام کو ایک مچھیرا مچھلی کا شکار کرکے اپنے گھر لوٹ رہا تھا' ان کے رونے کی آواز سُنی ، ان دونوں کو اُٹھالیا ' پہلے تو اس مچھیرے کے ساتھ یہ بچے جانے کو تیار نہ ہوئے لیکن جب اُس نے وعدہ کیا کہ تمہارے ماں باپ کو تلاش کرکے پہنچا دوں گا تب وہ راضی ہوئے ۔اور بہلا پھسلا کر اُن بچوں کو اپنے گھر لے آیا ۔ اس مچھیرا کو کوئی اولاد نہ تھی۔ ان کو اپنے بچّوں کا پیار دیا۔ اپنے ساتھ مچھلیاں شکار کرنے لے جانا

چونکہ وہ پیشے سے ایک مچھیرا تھا اور وہ اسی ماحول میں رہتا تھا اس لیے انہیں بھی مچھلیاں پکڑنے کی ٹریننگ دینے لگا۔ اور جب شام تک شہزادہ نہ لوٹا تو شہزادی کے دل میں ہَول پیدا ہونے لگا، اسی وقت ایک دوسرے مچھیرے کی نظر اس پر پڑی، پہلے تو اسے یہ خیال آیا کہ اس جگہ اتنی خوبصورت لڑکی کیسے آسکتی ہے ہونہ ہو کوئی جل پَری ہوگی، پھر ہمّت کرکے اس کے قریب گیا، دِلاسا دیکر اپنی کشتی میں بٹھایا، اسکے شوہر اور بچّوں کو تلاش کرنے کا وعدہ کرکے اُسے اپنے ساتھ گھر لے آیا۔ اس کی خوبصورتی کو دیکھ کر اس کی نیّت خراب ہوگئی، اس کی بیوی بھی مرچکی تھی۔ سوچا، چلو شادی کرلیں گے۔ دوسرے دن اس نے اپنی نیّت کو ظاہر کردیا۔ لیکن شہزادی تھی بہت ہی عقل مند اسے فکر ہوئی کہ انکار کرنے کی صورت میں اس کی جان کو خطرہ ہے اس لئے اس نے بڑی ہی نرمی سے کہا۔ اب تو میں آپ کی بیوی ہو ہی چکی ہوں کیوں نہیں چالیس دن کی ایک نذر اُتار لوں۔ جب میں تنہا تھی تو دل ہی دل میں یہ نذر مان لی تھی کہ اگر کسی طرح جان بچ گئی تو چالیس دن تک چالیس غریبوں کو روزانہ کھانا کھلاؤں گی۔ اس بیچ شوہر سے بھی نہیں ملوں گی۔ یقیناً نذر اُتارنے کے بعد آپ کے ساتھ شادی کرلوں گی۔ پھر میں عورت ذات کہاں جاسکتی ہوں۔ لیکن مچھیرا کچھ سوچ میں پڑگیا۔ کیونکہ روزانہ چالیس چالیس غریبوں کو کھانا کھلانا کوئی معمولی بات نہیں تھی۔ اس کی اُداسی کو دیکھتے ہوئے شہزادی نے کہا، اس بات کی فکر آپ نہ کریں، میرے یہ زیورات آخر کس دن کام آئیں گے۔

پھر یہ میرے ساتھ رہنے سے مجھے پچھلے دنوں کی یاد دلائیں گے ۔ ان کو فروخت کر کے یہ انتظام ہو جائے گا۔ بات معقول تھی ۔ لیکن شہزادی تو اپنا اعتماد مچھیرے پر قائم کرنا چاہتی تھی ۔ مچھیرا راضی ہو گیا ۔ وہ روزانہ غریبوں کو کھانا کھلانے کی غرض سے اس گاؤں سے قریب ہی ایک بڑے سے قصبہ کی جامع مسجد کے پاس جایا کرتی ۔ اس مسجد کے قریب ہی فقیروں کی ایک ٹولی آباد تھی ۔

ہاں بچّو! میں نے تو کہا ہی نہیں کہ شہزادہ اقبال مند کا کیا ہوا ؟

ہونا کیا ہے ۔جب اسے مچھلی کھا گئی تو وہ مر ہی گیا ہو گا ۔ سبھی بچّوں نے ایک ساتھ کہا ۔

ٹھیک ہے اب آگے کی کہانی کل ہو گی ۔ مگر تم لوگوں کو یہ سوچنا ہے کہ کیا واقعی شہزادہ اقبال مند مر گیا ، اور اگر مر گیا تو اس کے بچّوں اور بیوی کا کیا ہوا ۔ جاؤ اب تم لوگ سو جاؤ ۔

سبھی بچّے یہی سوچتے ہوئے اپنے اپنے بستر پر چلے گئے ۔

۸

دوسری رات دادی اماں نے پہلا سوال یہی کیا کہ تم لوگ کسی نتیجہ پر پہنچے ؟ سب بچے خاموش تھے ۔ پھر دادی اماں نے کہا ۔تمہارا سوچنا تو ایک حد تک ٹھیک ہی ہے کہ شہزادہ اقبال مند کو مچھلی نگل گئی تو وہ مر ہی گیا ہوگا۔ مگر اللہ کی مرضی میں کسے دخل ہے۔ مارنا اور جلانا اسی کے ہاتھ ہے ۔ اور شہزادہ اقبال مند کے ساتھ بھی یہی ہوا ۔ ایسی صورت میں اس کا زندہ رہ جانا ایک کرشمہ ہی ہے ۔ اس کے زندہ رہنے کا راز یہی ہے کہ اس کی انگلی میں ہیرے کی انگوٹھی تھی جس کی وجہ سے مچھلی اسے نگل جانے کے بعد بھی ہضم نہ کرسکی ۔ اس کی گرمی سے وہ بے چین ہوگئی ۔ اس کی بے چینی اتنی بڑھی کہ وہ پانی میں اوپر نیچے ہونے لگی ۔ اُسی وقت مچھیروں

کی ایک ٹولی نے اس مچھلی کو دیکھ لیا۔ یہ مچھیرے دن بھر شکار میں پریشان تھے مگر مناسب شکار نہیں پا سکے تھے۔ اس بڑی مچھلی کو اس حالت میں دیکھ کر ان کی اُمیدیں بر آئیں۔ انہوں نے اسے پھنسانے کی کوشش میں چاروں طرف سے کشتیاں پھیلا دیں اور اس پر جال پھینکے۔ حالانکہ وہ لوگ تھکے ہارے تھے، شکار سے لوٹنے کا یہ وقت تھا، مگر اس بڑی مچھلی کی خواہش نے انہیں پھر سے نئی طاقت کا احساس دیا تھا۔ اِدھر وہ مچھلی تو پہلے ہی سے بے سُدھ تھی، بہت ہی آسانی سے ان کے جال میں پھنس گئی۔ آج اُمید سے کہیں زیادہ انہیں شکار ملا تھا، مگر اسے کسی بھی ایک کشتی میں اٹھا کر رکھنا آسان نہ تھا۔ کسی طرح کشتیوں میں باندھ کر پانی کے سہارے کنارے تک تو لے آئے مگر مسلّم مچھلی کو اپنے ٹھکانے تک لے آنا مشکل ہی نہیں بلکہ ناممکن تھا۔ آخر کار اسے ٹکڑے ٹکڑے کر کے ہی لے جانا مناسب سمجھا، اور کوئی صورت بھی نہیں تھی۔ جب اس مچھلی کو ٹکڑا کیا جانے لگا تو اس ٹولی کے بوڑھے سردار کو مچھلی کے اُبھرے ہوئے پیٹ پر شک ہوا، وہ ایک تجربہ کار ملّاح تھا، اس نے اپنی زندگی کا ستّر سال اسی پیشہ میں گذارا تھا۔ وہ لوگ تو پہلے ہی سے حیرت میں تھے کہ اتنی بڑی مچھلی اور اس قدر آسانی سے دام میں آجائے؟ سردار کے شک پر سبھی کو اتفاق تھا۔ سردار نے بڑی ہی احتیاط سے پہلے اس مچھلی کے پیٹ کو چاک کیا، اور انہیں حیرت کی انتہا نہ رہی جب اس کے پیٹ سے ایک خوبصورت نوجوان برآمد ہوا۔

مگر اُس کی سانس بہت ہی دھیمی رفتار سے چل رہی تھی۔

یہ کیسے ممکن ہے۔ بغیر ہوا کے وہ زندہ کیسے رہا۔ مہ جبیں نے حیرت سے کہا۔

خدا کی قدرت میں سب کچھ ممکن ہے۔ کیا تم لوگوں نے ایک پیغمبر حضرت یونسؑ کا واقعہ پڑھا یا سُنا نہیں ہے ؟ جب انہیں ایک بڑی سی مچھلی نے نگل لیا تھا، تین دن مچھلی کے پیٹ میں رہنے کے بعد بھی وہ زندہ رہے۔ پورے تین دن بعد مچھلی نے حضرت یونسؑ کو کنارے پر آکر اُگل دیا۔ یہ واقعہ بھی بہت طویل ہے کبھی موقعہ ملا تو سناؤں گی۔ بہر حال، شہزادہ اقبال مند کا حال سنو ــ شہزادہ اقبال مند کو مچھلی کے پیٹ سے مچھیروں نے نکالا تھا، وہ بے ہوش تھا، کچھ دیر کُھلی فضا میں سانس لینے کے بعد اُٹھ بیٹھا مگر اپنی یاد داشت کھو چکا تھا۔ سب مچھیرے اس پر حق جمانے لگے، بضد تھے، یہی چاہتے تھے کہ اسے اپنے ساتھ لے جائے مگر آخر میں یہ طے ہوا کہ سردار اسے رکھ لیں، ایک تو سردار کی سوجھ بوجھ کی وجہ سے اس کی جان بچی تھی دوسرے سردار کو کوئی اولاد بھی نہ تھی اور دیگر مچھیروں کے مقابلے میں سردار بوڑھا بھی تھا۔ اس لئے سب مچھیروں نے ایک رائے ہو کر سردار کے حوالہ کردیا۔ وہ اسے لے کر اپنے گھر چلا آیا۔ اسے اپنے کاموں میں ساتھ رکھتا، جہاں جہاں وہ مچھلیوں کے شکار کو جاتا اِسے بھی ساتھ لے جاتا تاکہ یہ پورے طور پر اس کے کاموں کو سیکھ لے۔

وہ بھی اس مچھیرے کا بڑا ہی فرماں بردار ثابت ہوا۔ اسے اس بات کا غرور تو تھا ہی نہیں کہ وہ شہزادہ ہے اور کسی کو یہ معلوم بھی نہیں تھا۔ وہ تو پہلے ہی اپنی سُدھ بُدھ کھو بیٹھا تھا۔

ملاحوں کا سردار ہی ایک ایسا مچھیرا تھا جو عادل شاہ کے دربار میں مچھلیاں پہنچایا کرتا تھا۔ اِسے شاہی ملاح کا مرتبہ حاصل تھا۔ اور یہ ملاحوں کی نظر میں ایک اعزاز تھا۔

ایک بار سردار مچھلیاں پہنچانے دربار جارہا تھا تو اس نے بھی مچھیرے بابا سے ضد کی کہ آج میں بھی آپ کے ساتھ دربار جاؤں گا تاکہ دربار دیکھ بھی لوں اور کبھی ضرورت ہوئی تو میں خود مچھلیاں پہنچادیا کروں گا۔ پھر آپ بوڑھے بھی ہو گئے ہیں۔ آپ کا کام میں نہ دیکھوں گا تو اور کون دیکھے گا۔ یہ بات بوڑھے مچھیرے کو پسند آئی۔ اُسے اپنے ساتھ دربار لے گیا۔ دربار میں اُسے کچھ صورتیں جانی پہچانی لگیں۔ اس کے دل و دماغ میں یہ صورتیں اور عادل شاہ کا چہرہ سایہ کی طرح گردش کرنے لگا۔ ذہن پر زور دینے کے باوجود کسی خاص نتیجہ تک نہ پہنچ سکا۔ ایک خواب کی طرح یہ صورتیں آتیں اور پھر غائب ہو جاتیں۔ دل و دماغ کے درمیان یہ سائے رینگتے ہوئے آتے اور پھر غائب ہو جاتے۔ اس کا سر درد سے پھٹنے لگا۔ اور اس کے اثر سے وہ گم صم رہنے لگا۔ اس کی خاموشی کو دیکھ کر مچھیرے بابا نے بڑے ہی پیار سے کہا۔ بیٹا، میں دیکھ رہا ہوں

کہ جب سے تم دربار سے لوٹے ہو اُداس اُداس سے ہو۔ کیا بات ہے؟ مگر اُس نے ٹال دیا۔ وہ کیا جواب دیتا۔ اسے تو کچھ یاد ہی نہیں آرہا تھا۔ لیکن رات کو سوتے وقت بھی اُسے خاموش پایا تو اس نے پھر اس کی خاموشی کی وجہ پوچھی۔ مگر اس نے عادل شاہ کے مغموم چہرے کو ہی اپنی اداسی کا سبب بتایا۔ اور دریافت کیا کہ ایک راجا ہوتے ہوئے بھی وہ اس قدر اُداس کیوں ہے۔ اس پر بابا نے بہت ہی غمگین ہوکر کہا کہ بیٹا! اس واقعہ کو نہ چھیڑو تو اچھا ہے۔ مگر اس نے ضد کی اور جیسے جیسے وہ واقعہ بیان کرنے لگا اس کی یادداشت واپس ہونے لگی۔ اور پھر ایسا ہوا کہ اس کا خواب جس پر بھول بھلیوں کا پردہ پڑا ہوا تھا آئینہ کی طرح بالکل صاف ہوگیا۔ شہزادہ کے غائب ہونے کے واقعہ تک آکر بابا رُک گئے۔ ان کی آنکھیں بھیگ چکی تھیں اور وہ اپنے دامن سے اُسے خشک کرکے بالکل خاموش ہوگئے۔ ایسا معلوم ہوتا تھا کہ عادل شاہ کا شہزادہ غائب نہیں ہوا ہے بلکہ خود اس کا اکلوتا بیٹا کھو گیا ہو۔ اِدھر شہزادہ اقبال مند کی آنکھوں سے بھی آنسو بہہ نکلے۔ اُس کے دل سے اُٹھنے والے طوفان کا اندازہ کون لگا سکتا تھا۔

لیکن دادی اماں شہزادہ اقبال مند کو عادل شاہ نے پہچانا کیوں نہیں؟ امتیاز نے شک ظاہر کیا۔

مگر وہ پہچانتا بھی تو کیسے؟ ایک تو وہ مچھیرے کے بھیس میں

تھا دوسرے آٹھ نو سال کا عرصہ بھی گذر چکا تھا۔ اُسے شبہ تک نہ ہوا۔

ہاں، تو پھر کیا ہوا؟ سرفراز نے کہا۔

جب بابا اس کی کہانی پوری کر کے خاموش ہو گئے تو اس سے آگے کی کہانی شہزادہ نے یوں بیان کیا۔ جو واقعی ادھوری ہی تھی۔ بابا تو شہزادہ اقبال مند کے ہوائی سفر کو کہانی کا آخری سرا مان لیا تھا۔ لیکن اس سے آگے کا حال تو یہاں صرف یہی جانتا تھا۔ اور جب وہ مچھلی کے پیٹ سے باہر آنے کے واقعہ تک پہنچا تو بوڑھا مچھیرا ہاتھ جوڑ کر اس کے سامنے کھڑا ہو گیا۔ اس کا سر ندامت سے جُھک گیا۔ اس نے بابا کو بڑی ہی نرمی سے کہا۔

بابا! آپ نے مجھے نہ صرف نئی زندگی دی ہے بلکہ باپ کا پیار بھی دیا ہے۔ کیا اس کا بدلہ یہی ہے کہ ایک باپ بیٹے کے سامنے ہاتھ جوڑ کر کھڑا رہے، نہیں بابا نہیں، آپ کی جگہ میرے دل میں ہے۔ آیئے میرے قریب بیٹھئے۔

اور اس نے بابا کو اپنے پاس بیٹھا لیا۔ بابا کو یہ مطلق فکر نہیں تھی کہ وہ اکیلا رہ جائے گا، اس کے بڑھاپے کا سہارا اس سے جُدا ہو جائے گا۔ اُسے تو بس یہی خوشی تھی کہ اس کے راجا کو اس کی کھوئی ہوئی دولت مل جائے گی۔ عادل شاہ کے ٹوٹے ہوئے دل کا سہارا مل جائے گا۔ بابا کچھ دیر خاموش رہے پھر اس نے کلو مچھیرے پر شک ظاہر کرتے ہوئے کہا۔

ہوسکتا ہے کہ کلّو مچھیرا کے پاس جو لڑکی ہے وہی ہماری شہزادی بِٹیا ہو۔ اس کے طور طریقے اور خیر خیرات کرنا یہی ثابت کرتا ہے۔ جس دن ہم لوگوں نے آپ کو مچھلی کے پیٹ سے برآمد کیا تھا شاید اسی دن اس نے بھی اس لڑکی کو وہیں کہیں سے اُٹھا لایا تھا۔

دوسرے دن دونوں بڑی ہی رازداری کے ساتھ بھیس بدل کر عادل شاہ سے تنہائی میں ملے اور سارا واقعہ کہہ سُنایا۔ عادل شاہ کا چہرہ خوشی سے کھِل اُٹھا۔ بیٹے کو سینے سے بے اختیار چمٹا لیا اور خدا کا شکر ادا کیا۔ وہ بار بار بیٹے کو سینے سے لگاتا ایسا معلوم ہوتا تھا کہ برسوں سے بند چشمہ یک بارگی پھوٹ پڑا ہو۔ اس پر پاگلوں کی سی کیفیت طاری تھی۔ یہ دیکھ کر مچھیرے بابا نے کہا۔

آقا! یہ وقت جذبات میں بہہ جانے کا نہیں ہے۔ شہزادی بِٹیا کا پتہ لگانا بھی ایک مسئلہ ہے۔ اس لئے یہ راز ہی رہے تو بہتر ہے۔ اگرچہ کلّو ملاح پر شک ہے مگر یہ بات ظاہر ہو جانے پر شہزادی بِٹیا کی جان کو خطرہ ہے۔ اور یہ بھی ہوسکتا ہے کہ کلّو ملاّح اسے غائب کرنے میں کامیاب ہو جائے۔

مچھیرے بابا کی بات معقول تھی۔ اس لئے عادل شاہ نے دل پر پتھر رکھ کر یہ طے کیا کہ یہ بات ظاہر نہ ہو۔ شہزادہ اقبال مند لوٹ آئے ہیں۔ اور یہی مناسب بھی ہے کہ شہزادہ اقبال مند مچھیرے بابا کے ساتھ ہی

رہیں۔ دوسرے دن بابا اکیلے ہی کلّو ملّاح کے یہاں یہ کہنے گئے کہ اب میں بوڑھا ہو چکا ہوں۔ مجھ میں اب وہ بات نہیں کہ اچھی اچھی مچھلیاں شکار کر کے دربار میں پہنچاؤں مگر دربار میں تو کسی نہ کسی کو مچھلیاں پہنچانی ہی ہے۔ تو کیوں نہیں دربار میں تم ہی مچھلیاں پہنچایا کرو۔ کلّو ملّاح نے اسے خوشی خوشی قبول کرلیا۔ وہ کلّو ملّاح سے دربار میں حاضر ہونے کا وعدہ لے کر اپنے گھر لوٹ آیا۔ مگر کلّو ملّاح کو ایک فکر تھی کہ گُل شہزادی کس کے ساتھ فقیروں کو سبیل دینے جائے گی۔ اس کام کے لئے اُسی وقت پاس کے ایک گاؤں میں گیا جہاں اس کا ایک رشتہ دار بشیرا ملّاح رہتا تھا۔ کلّو نے اس سے وعدہ لیا کہ اس کی بیوی سویرے سویرے گھر آئے گی تاکہ وہ شہزادی کو فقیروں کی بستی اپنے ساتھ لے جائے۔ دوسرے دن سویرے ہی کلّو ملّاح کو دربار میں حاضر ہونے کی جلدی تھی۔ اسے تو زیادہ آمدنی کی اُمید کی بھرپور خوشی تھی۔ وہ بشیرا ملّاح کی بیوی کا انتظار کئے بغیر ہی دربار چلا گیا۔ اِدھر بشیرا کی عورت کی طبیعت رات ہی میں خراب ہوگئی۔ وہ کلّو ملّاح کے یہاں نہ جا سکی مگر اُس نے وعدہ کرلیا تھا اس لئے اس نے اپنے بچّوں کو سمجھا بجھا کر اس کے گھر روانہ کردیا۔

دادی اماں! یہ دونوں بچے وہی تو نہیں جسے کسی ملّاح نے اُٹھا لایا تھا۔ مہ جبیں نے اپنے خیال کا اظہار کیا۔

ہاں بیٹی ! ـ یہ دونوں وہی بچے ہیں۔

تو پھر شہزادی نے اپنے بچوں کو پہچانا کیوں نہیں۔ امتیاز نے کہا۔

شک تو ضرور ہوا مگر اُسے سبیل تقسیم کرنے میں دیر ہو رہی تھی۔

پھر کیا ہوا دادی اماں ـ ؟ سرفراز نے جلدی سے کہا۔

بچے بھی شہزادی کو نہ پہچان سکے چونکہ شہزادی نقاب ڈالے ہوئے تھی ـ انہیں ایک مقام پر بیٹھا کر شہزادی غریبوں کو کھانا تقسیم کرنے لگی ـ لیکن اس بیچ ان بچوں کو بیٹھے بیٹھے نیند آنے لگی تھی اس لئے دونوں کی تجویز ہوئی کہ کوئی کہانی کہی جائے ـ بڑا چونکہ زیادہ ہوش مند تھا اس لئے اُس نے وہی آپ بیتی چھوٹے بھائی سے دُہرانے لگا۔

آپ بیتی کیا چیز ہوتی ہے دادی اماں ؟ امتیاز نے جھٹ ایک سوال کیا۔

اپنی کہانی یا واقعہ کو کہتے ہیں جو خود سے متعلق ہو ـ جب وہ کہانی دہرا رہا تھا تو اسی وقت شہزادی وہاں لوٹ آئی اور ان دونوں کی کہانی سن لی۔ اُسے تو شک تھا ہی اب یقین ہو گیا کہ یہ میرے ہی بچے ہیں۔ مگر اس نے ظاہر نہ کیا۔ ان دونوں کو بہت بہت پیار کیا اور کسی سے یہ بات نہ کہنے کی ہدایت بھی کی ـ پھر وہ اپنے گھر لوٹ آئی اور وہ بچے بھی اپنے گھر چلے گئے۔

لیکن کلّو ملّاح کا کیا ہوا ، مہ جبیں نے ٹوکا۔

کلّو ملّاح جب دربار میں حاضر ہوا تو یہاں پہلے ہی سے شہزادہ

اقبال مند اور مچھیرے بابا موجود تھے۔ اسے گرفتار کرلیا گیا ۔ مچھیرے بابا، شہزادہ اقبال مند اور بہت سارے سپاہی کلّو ملّاح کے گھر پر شہزادی کی تلاش میں پہنچے ۔ شہزادی کو شہزادہ اقبال مند نے پہچان لیا ' اسے اپنے شاہل لے آئے مگر راستے ہی میں شہزادی کو اپنے بچوّں کا خیال آیا اور وہ لوگ انہیں بھی برآمد کرنے میں کامیاب ہوگئے ۔ بشیرا تو پہلے ہی سے ان بچوّں کو والدین تک پہنچانا چاہتا تھا مگر اسے اپنے مقصد میں کامیابی حاصل نہیں ہوئی تھی ۔ اور یہ بھی سچ ہے کہ وہ انہیں شاہی ٹھاٹ تو نہ دے سکا تھا مگر رکھتا بڑے قرینے سے تھا ۔ اور اب اُسے اُن بچوّں سے اُنسیت بھی ہوچکی تھی اس لئے اِنہیں حوالہ کرتے ہوئے ان کی آنکھوں میں آنسو آگئے ۔

اب عادل شاہ کے محل میں پھر سے رونق آگئی تھی ۔ برسوں بعد اس کی سوئی ہوئی قسمت جاگی تھی ۔ شہزادہ اقبال ' گُل شہزادی اور اُنکے بچے دربار میں رہنے لگے ۔

لیکن کلّو ملّاح کا کیا ہوا ۔ ؟ اُس نے تو گُل شہزادی سے زبردستی شادی کرلینے کی سازش کی تھی ۔ اُسے سزائے موت دیدی گئی ہوگی ۔ مہ جبیں نے خیال ظاہر کیا ۔

ہاں یقینی طور پر کلّو ملّاح سزائے موت کا مستحق تھا ' اُس نے ایک گھناؤنی سازش کی تھی ۔ لیکن اُس نے گُل شہزادی کو پناہ بھی دی تھی

اور ساتھ ہی ساتھ اس کے ساتھ حُسن سلوک سے پیش آتا رہا تھا۔ اس لئے عادل شاہ نے فراخ دلی کا ثبوت پیش کرتے ہوئے اس کی جان بخش دی۔ آج کے دن عادل شاہ کسی کو سزائے موت دینا نہیں چاہتا تھا۔ پھر کلّو ملّاح خود اپنی اس حرکت پر نادم تھا۔

لیکن آپ نے جمّن اور کلّن کے بارے میں تو کہا ہی نہیں۔ بچّوں نے دادی امّاں کو یاد دلایا۔

ہاں، ٹھیک ہی یاد دلایا۔ جمّن اور کلّن کو باعزّت بری کیا گیا۔ انہیں قید خانے سے رہائی دی گئی، دربار کے جشن میں شامل کیا گیا اور عادل شاہ نے دونوں کو برابر قرار دیکر انعام واکرام سے نوازا۔

لیکن دادی امّاں۔ برابر کیوں؟ جبکہ کلّن کا کارنامہ جمّن سے بہتر تھا۔

ہاں فن کے اعتبار سے تو کلّن ضرور آگے تھا مگر عقل مندی کے اعتبار سے جمن سے وہ آگے نہ تھا۔ اگر وہ عادل شاہ کو بر وقت یہ نہ کہتا کہ سزائے موت کو عمر قید میں تبدیل کردیا جائے تو ان دونوں کو قتل کردیا گیا ہوتا اور شہزادہ اقبال مند کے لوٹ آنے پر آج واقعی عادل شاہ کو ندامت ہوتی۔ پھر اسے لوگ عادل شاہ کیوں کر کہتے۔ یہی نہیں عادل شاہ نے ان دونوں کے فن کو کافی آگے بڑھانے کے لئے شاہی خزانہ سے امداد کی اور انہیں شاہی انجینئر کا درجہ بھی دیا۔

لیکن دادی اماں، اس بوڑھے مچھیرے کا کیا ہوا۔

مچھیرے بابا کی دانائی اور سوجھ بوجھ کو دیکھتے ہوئے عادل شاہ نے اُسے اپنے وزیروں میں شامل کر لیا اور بشیرا ملّاح کو بھی دربار میں ایک اونچا عہدہ دیا گیا اس لئے کہ دونوں بچوں کو بڑی ہی شفقت کے ساتھ رکھے ہوئے تھا۔ لیکن اللہ نے تو بشیرا ملاح کو اس سے بڑا انعام دیا۔ اس کی بیوی کی گود ہری کردی۔ اسے بھی ایک بیٹا دیا۔

لیکن اب تو شہزادہ اقبال مند نے اس مالن کو جو منہ بولی ماں تھی، بھلا دیا ہوگا؟ مہ جبیں نے شک ظاہر کیا۔

نہیں ایسی بات نہیں۔ شہزادہ اقبال مند ہی نہیں بلکہ شاہی خاندان کے سبھی لوگوں کو فکر تھی کہ کسی طرح انہیں یہاں لے آیا جائے۔ اور کچھ عرصہ بعد مالن اور اس کے بچّے عادل شاہ کے دربار میں لے آئے گئے۔ اس لئے کہ اب تک آمد و رفت کے لئے ایسی سواریاں ایجاد ہو چکی تھیں۔

تو دیکھا بچو! انسانی زندگی میں خوشیاں بھی آتی ہیں اور غم بھی۔ زندگی میں نہ جانے کتنی مصائب کا سامنا کرنا پڑتا ہے۔ مگر ایمانداری کے ساتھ یقین کامل کا جذبہ ساری دشواریوں کو آسان کر دیتا ہے۔ بچو! ایمانداری، محنت اور یقین کامل تمہاری کامیابی کی دلیل ہے۔ دعا ہے کہ تم پر مصیبت نہ آئے اور آئے تو تم اس پر ثابت قدم رہو، اس سے مقابلہ کر کے اپنی منزل پالو۔ جاؤ۔۔۔ خدا حافظ۔!!!

———٭———